總編輯：余光中

臺灣一九八九—二〇〇三

中華現代文學大系

貳

詩卷(二)

主編：白靈

目錄

第二冊

斯人作品

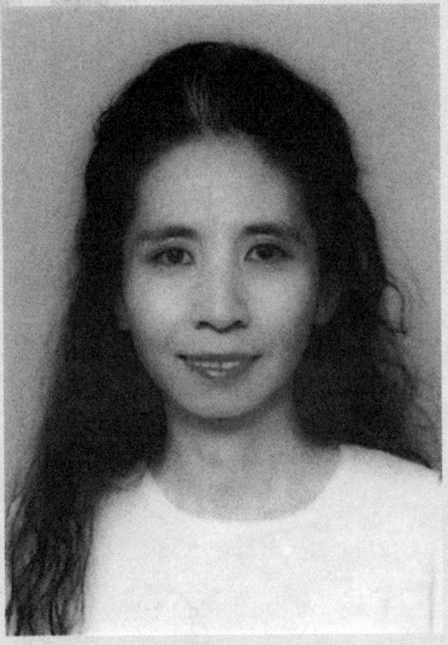

斯　人

本名謝淑德，台灣台南人，1951年生。台灣大學中文系畢業，著有詩集《薔薇花事》等。

故事

他們爲你和我編了一個故事
既然你不辯解我又何庸多事
凡事不蒙神恩最宜沉默不提
何況一說便俗再美的羅曼史
開不好的殘花不如趁早踏碎
遺忘是寬恕所有最佳的表示
只恐黑夜君臨登夢境之崔巍
或醺醺然陶醉於美酒之半卮
便窺見你雙眼色不語似無愁
於是我靜靜笑了惘然若有失

——一九八九年・選自書林版《薔薇花事》

有人要我寫
——戲答瘂弦先生

有人要我寫清水白石供養出的詩
我很抱歉，深深有感於蓮花出青泥
哪個少年家沒有多情過害過病相思
愛情這東西縱然好滋味老來無法矣
有些不朽的詩人天生的多才又美麗
要我東施效顰做伊的眼耳鼻舌身意
恕我無禮，套艾略特的一行詩自惕：
No! I am not Emily Dickinson,
nor was meant to be.

——一九九〇年・選自書林版《薔薇花事》

而我卻不在了

而我卻不在了
你殷勤的要尋找我
山百合與野薔薇於是乎帶著路
小溪的流水將你的腳步
領進了一個美麗新世界
蒲草有泥，蘆荻有水
快活的儵魚呢美麗的激湍
溯洄而從之
現在，路消失了
一半的地方有水聲潺潺
一半有河床暴露了出來
歇歇腳吧，在長滿了蘚苔的石頭坐落
　你沉默著：近乎
無聲的樹木的某種神秘
內心充滿了蕁麻與寧靜
出了樹林，便是天空
你將在陽光下行路
而我卻不在了
不在行雲不在流水，不在
光輝與秩序，自然與美裡
你頭上的天空開始暗了下來
趁著暮色，那麼，冥索我吧
循著芸香與延胡索
馨香脆薄一如空氣
大地沉，星辰落
浮在水面上
月亮在沐浴
你要追問風嗎，而我卻不在了
不在空氣與空氣的交替裡
　向地獄呼喊吧
墮落的天使喲

美麗的火焰，像死亡，壟斷了一切
你殷勤的要尋找我，而我
遺落的心卻不在了
不在火焰，不在灰煙
黑暗從煙囪進去穿過閣樓
流入每一個房間於記憶內
不要問占夢者，傻子
你殷勤的要尋找我
而我卻不在了，不在你的夢裡

——一九九一年·選自書林版《薔薇花事》

復活

復活節的前夕
我謹守童年令人懷念的習俗
點亮了一支蠟燭
在壁龕間，塵封的十字架
基督的面容依舊低垂
花朵一樣低垂，凋盡人間的夢
無限溫柔中無限苦痛
長在，同世界一樣古老

有靈的疲倦，肉體的弛緩
有徹於骨髓的申訴——
燄心裡，又一滴淚落向虛無
使吶喊更深，沉寂更甚

枯槁而且裸裎，我小小的夢土
頭上是烏雲黯淡，遠方下著雷雨
一切暗示著覺醒的秘密
透過這寂寂的青煙，這漫漫長夜的終了

——原載一九九五年十二月二十七日《聯合報》副刊

敗北後記

——兼報平安于吾師

攤開了地圖，風中
檢點這殘損的一生
親手斷送了的江山
啊這裡，掠過大片的血和泥
在化爲灰燼的角落，我跋涉而過
無人助陣，無人祝福
與天命爭的漫漫征途
而爲什麼風發的意氣與血染的掌心
總是徒然？我深深納悶著
俛仰間，拄殘劍而失笑了
想起多少別處的喪失，這之前
過于孤獨，過于勇敢——一陣靈感

滂沱而快樂，在欲雨的天空下
穿過深草而來

——一九九八年七月·選自九歌版《與永恆對壘》

親愛的西奧

——有寄

但願現在就死。這句話
我夠資格說，設使我也經歷過
痛苦與死亡的抗爭，從阿爾小鎮
轉而聖雷米療養院，轉而
北上奧維村，途次逆旅之際
終於舉槍，在農舍的糞土堆
割斷了意志，偉大而恐怖的意志
像梵谷，泥濘的一生

也曾經在折磨中歌唱
也曾經辱罵上帝及美
想當年啊，腰纏著幾卷詩
沿吉卜賽人撒花爲記的路
做過痛苦的和快樂的旅行
直到拖著沉重的步伐，走回頭
骨架日趨潰散，肉體不聽使喚
受了踐踏的心，被委屈感迷亂

是你開了門，雖然我來不及敲叩
爲我點燈，在黑夜趕上之前
你並不知道，偶然相遇之初
我是何許人，來自何方，多大年紀
迷失中路的那一年，我幾歲
丟了初心，見棄兄弟，沒有朋友
又貧又賤又失所的人當中，一個
李爾王最最孤獨的女兒

病越深，苦越甚
越來越明白，離鄉最近的地方
路途最遠。繼續走向某個驛站
抵達某個終點，終而復始
日以作夜，行行復行行——
而如果，某個驛站某個終點
並不存在，既定的目的都落了空，不要傷心
親愛的西奧，這當中我們跋涉的夢在腳下了

後記：

病中讀文生·梵谷（Vincent van Gogh）致其弟西奧（Theodore）書簡集，念其一生煢獨，羨其手足篤好，往往愴然，因借梵谷致弟書開端「親愛的西奧」為題，並引其臨終遺言：「但願現在就死」為起句。

——原載一九九九年九月十一日《聯合報》副刊

向吉訶德致敬

達西涅亞是世界上最美的佳人，我是天底下最
不幸的騎士；
但不該因我無能便否認這個眞理——拿你的矛
子打吧，騎士先生。

年少輕狂的日子裡坐在歎氣馬路公園樹下
古舊蒙苔的石板凳上讀到千古奇書的這一句
當愁容騎士倒臥血泊然而哪半閉的頭盔當中
聲音那麼微弱那麼低沉宛若發自墳墓的道白
而銀月騎士那征服過世間最最高貴武士者
原來是個化了妝的理髮匠。我的心都碎了

三十年過去了半生無成除卻一冊薄薄的詩集
這之後漫漫五載徘徊又徘徊在企圖心與挫折感
也嚐過赤貧也嚐過離喪難道還不識得什麼叫現實
身子是同樣單薄甲冑是同樣上了鏽我的洛稷喃提
同樣又駑又老難道還不夠我攻打風車攻打城砦
不夠勇氣單獨給四百個神聖保衛團四百棍子麼

屢次跌在火裡屢次跌在水裡錯不在這悖謬的世代
負心和棒打是一廂情願掏出了肝膽換來的下場
周圍全是狠心無感覺的人連哭都找不到地方
常常我在夢中呼號因爲我的五內被打得稀爛
聰明人搖搖頭嗤笑著而聖者及先知聽了掉眼淚
無可奈何我卻始終不肯收回那一個最初的肯定

既然別無其他選擇——拿起你們的矛子吧
你們這些銀月騎士你們這些化了妝的理髮匠
血肉之軀的吉訶德悟出喜劇面具背後的愁容
　而泣
不朽的吉訶德卻聽著自己神聖的笑聲而超越絕望

在同情心淪喪的世界徒然做無效的反抗與愚妄戰
向你，我再致敬——全面而不妥協，西班牙精神

——二〇〇一年端午節刊於《聯合報》副刊

白靈作品

白　靈

福建惠安人，1951年生，現任台北科技大學副教授。年度詩選編委，曾任台灣詩學季刊主編五年。1985年創辦「詩的聲光」，推廣詩的另類展演型式。近年介入網路，建置個人網頁「白靈文學船（http://www.ntut.edu.tw/～thchuang/）。著有詩集《白靈．世紀詩選》、《後裔》、《大黃河》、《沒有一朵雲需要國界》、《妖怪的本事》、《臺北正在飛》、《白靈短詩選》，散文集《給夢一把梯子》、《白靈散文集》，詩論集《一首詩的誕生》、《一首詩的誘惑》、《煙火與噴泉》等。作品曾獲中山文藝獎、國家文藝獎等十餘項。

提絲傀儡

——裕仁死了

那些線不知提在誰手上
他揮手，投足，他轉動，起身
都有看不見之絲線牽引
提線板不知何人在操作

他被引著走進歷史
他被牽著捧起三神器，假裝威武
佩瓊曲玉，舞雲劍，回頭看八咫鏡
九十度鞠躬，感謝天照大神的傳說
偶爾於臣民獎狀上蓋菊花紋印
他被牽引著眼光學習遲鈍
一提，才一動，緩緩慢慢
他被牽引著表情慈祥

常常以太陽旗的抹布
幫別國拭亮天空
不曾在支那嘴上拔長城的牙齒
不曾在菲律賓臉上擠島嶼的青春痘
從未於緬甸之私處刮森林的體毛
更從未於亞美利堅眼中挖珍珠的瞳仁
他被牽被引，在皇宮中走動
慢吞吞，拿放大鏡研究昆蟲

非神非鬼
他像是個提絲傀儡

不知握誰手中那些線
他躺下，咳嗽，他呻吟，咯血
提線板仍隱隱操動
無數針頭扎他的皮
無數管線章魚著他，幫他呼吸
子民的祈禱聲繼續糾纏

他想再說「無條件投降」
那些線縫了他的嘴巴
二十七公斤體重
在三萬西西血液裡慢慢游泳
越游，越輕
每一換氣
都合乎提線板操動的節奏
一提，才一動
什麼都中規中矩
他何曾圈太平洋當日本內湖
　何曾拿貸款幫浦第三世界鮮血
他從未繁殖煙囪統治他國天空
　更從未祭櫻花二號移植大和文化
他被牽著假裝向白種人鞠躬
他被供在皇宮，要八紘一宇
他被牽被引，躺進靈柩中
粉飾枯槁，讓萬國前來朝拜
浸染無數血汁那面太陽旗
終於飄落他臉上
似人似鬼
他是個提絲傀儡

——一九八九年・選自書林版《沒有一朵雲需要國界》

目睭金金（台語詩）

田蛤仔圍著我耳孔唇水池，呱呱呱叫了歸晚。一隻貓仔跳上我額頭，像嬰仔喵——嗚——地哮。歸陣奧托麥騎上我唇尻脊板，從頭鬃輾到腳尾。月娘也睏嘜去，看我躺在眠床上，目睭金金。

少年時沒記講唇幾句話，在我頭殼的碰孔內，歸陣弄過來，歸陣弄過去。我只好將它寫入詩，印在書上，放在街頭巷尾唇書

店內，目睭金金，等汝來，將我打開，用
這首詩，和汝相抵
嗨，汝好，幾十年嘸看見个，汝——金金
个目睭

——一九九八年六月《台灣詩學季刊》二十三期

山寺

鐘
因謙虛而被敲響
青苔因疑惑
而美如絲綢
心似木魚，暗暗遭禱念聲
洗劫一空
霧久據不去
寺尖隱隱約約
這荒涼
如小小的睡眠

——二〇〇〇年六月·選自爾雅版《白靈·世紀詩選》

金門高粱

只有炮火蒸餾過的酒
特別清醒
每一滴都會讓你的舌尖
舔到刺刀
入了喉，化作一行驚人的火
燙進歷史的胃袋

有誰的脖子和耳根
不紛紛升起
金門的輝煌
和悲涼
整片台灣海峽唯這座島
配作肚臍眼
半世紀的駭浪驚濤
都裝在裡頭
要幾瓶酒才倒得光
始終倒不出來的是歲月吧
從空酒瓶口望進去
望遠鏡中
卻是沒有一條船穿得透的
茫茫濃霧

那就趁半醉半醒
雙手朝兩頭一推
把海峽兩岸都推到
千年之外
但此時你卻醒在
酒瓶堆上
揉揉眼睛說：
「天呀！這裡種下的炮彈
竟比長出的高粱還多」

——二〇〇一年四月

聞慰安婦自願說

森林自願著火
好讓閃電抽亮它的鞭子

房子自動搖晃
方便地牛打哈欠

肉體自己打開傷口
因爲子彈要路過

頭顱有機會掉落
全因武士刀銳利的仁慈

所有的番薯都剝光了自己
躺滿島上，說：
「來吧，歷史，踩爛我
讓我好好地愛你們的腳跡！」

——原載二〇〇一年三月十日《聯合報》副刊

昨日之肉
——金門翟山隧道

所謂突破總在轟隆隆的
爆炸之後
能量不虞沒有空洞
再堅硬的山體
或肉體
都需要敲擊
挖出一大筆一大筆自己的肉
虛心地向死學習

堅實的空才藏得住
一整師的黑暗部隊
毀天滅地
向人性倒出
眼前是幾十萬公頃的海
任你染紅

但人生無非如此如此
心中不斷沙盤推演
一直耗到師老兵死
最後是
說過的話
都暗暗呑回口中
卻遍尋不著昔日的舌頭

而你
花崗岩做的昨日之肉啊
自己說吧
意欲如何回塡

——二〇〇二年十月二十三日

五行詩（選二）

女人

莫名的安靜　其實莫名的不安
可以沒有波浪　就不是海
若能回到原處　即非魚
有皺紋全因爲鏡子
會變老都從莫名的感動開始

——原載二〇〇二年五月優秀文學網（www.yoshow.com.tw）

就在距離世界不遠的地方

就在距離世界不遠的地方
一隻小白蝶剛剛飛越窗口
又飛回，現在與過去的兩條蝶影
就這麼先後飛入屋內，把一切掃瞄完畢
打了個結，飛走

——原載二〇〇二年十二月《中國時報》副刊

零雨作品

零　雨

本名王美琴。台灣台北人，1952年生。台灣大學中文系畢業，美國威斯康辛大學文學碩士。曾任《現代詩》主編、《國文天地》副總編輯，現任教職。著有詩集《城的連作》、《消失在地圖上的名字》、《特技家族》、《木冬詠歌集》等。曾獲年度詩人獎。

箱子系列（組詩）

用一隻箱子的空間呼吸

吃力地
鑿開宇宙的一角
我呼吸
肺生病了
由於身體
在箱子裡

我聽見一二句人聲
——他們不明白
這是箱子。我聽見
黃昏的陰影鞭打
我的脊骨，但不能
再低下了
我已經——貼近宇宙最邊緣
人的形狀

我聽見冷霧鳴叫
從戰場的路上襲來
潰敗士兵的腳掌
惶惑如昔，踩在我的頭上

我所知道的黑夜
亦沒有改變
他的形狀與我相同
四方形，人的形狀
用胯下俯視我

我吃力地站起來
用鼻子呼吸

我是箱子，那就
用箱子的空間呼吸

我的記憶是四方形

把我丟在箱子裡

那人走了

關於世界
我的記憶是四方形
關於榮譽。也是
愛情——蜷縮在角落
也是的

外面的世界，有關的傳說
是這樣的：也日漸變成
四方形

那麼就給我一杯四方形
咖啡，給我一頓四方形
早餐。黃昏，必然也是
四方形。萬一落日也生
成四方形，我的抽屜就
日趨完整

那人向我走來
打開箱子
我的世界跟他的世界
沒有兩樣
我還是留在箱子裡
我說
他的眼神惶惑如昔
不知該走向那隻箱子

既不前進也不後退

走進箱子右邊
向右拐那是記憶的村落
走進箱子左邊向左拐那是
前進的出口

中間是你的囚室
你每日端坐
收集玩具
每一個抽屜都有
一個日曆
每天你都要解決一個
矛盾，你練習按時
上廁所。按時上辦公廳

練習在黑暗來臨前
跑步回家，以免錯過
黃昏

以免走錯門

你感到幸福嗎

遠遠地，有一口箱子
朝我滾來。我要
在它到來之前滾開

（你感到幸福嗎）

在閃開那一刹那
躲了箱子
也避開幸福

再給我一口箱子吧

這凌厲的光線毫不留情

黑暗，是由於黑暗吧，以繩索釘牢
箱子。以嚴肅的神色，沉默看守
連陰影也撤退了

箱子在傾聽，它的耳朵蠕動。有
飛翔的聲音行走，天空有人招呼
迴旋。它於是用微弱的目色
閱讀月光——這淩厲的光線
毫不留情，烙印在頭上臉上身上
甚至綑綁的繩索也現出閃躲的
顫抖

老是盤算著二氧化碳，和平以及
練習雲朵的屋脊，老是盤算著
出發，寬廣的河口以及更寬廣的
地方。還有一種害怕，難以說明

它翻身，試圖以酸疼的背骨捶擊
大地。並埋首於黑暗的角落
直到遠征的夜行軍黎明歸來，直到
疲憊的光線終於暫時睡去

——一九九二年．選自時報版《消失在地圖上的名字》

特技家族（組詩）

1

兩隻手抓住兩隻腳
向前跳（到前面廣場）
向後翻滾（屁股朝向人最多的
　　　廣場）
向前翻滾（在人最多的廣場愈縮
　　　愈小）

向後翻滾　（愈縮愈小）
向前翻滾　（愈縮）
向後跳　　（愈小）
……　　　……
被踩在腳下　（只剩下眼睛）
　　　　　　（廣場以屁股遮天）

2

貼近心窩的地方
撐一支棍子
棍子那端撐一個
貼近
　心窩的地方
貼近心窩的地方

有一點重量因爲有一點
重量所以他們飛翔
張開兩隻手，兩隻腳

他們飛翔因爲一根
棍子的緣故因爲貼近
心窩的地方

3

右手凌空飛起
切入切入　切
入磚頭最脆弱
的位置
爆破的磚頭四散
逃逸又以最尖銳
的身體飛起找到

右手

4

一張口，就吐出
火焰。爲了四處的黑暗
爲了黑暗來得
太早爲了
向你挑釁。從體內
自動燃燒從扭曲的甬道
竄出越過廣場爲了
每一個著火的人認出了
同路人

5

是什麼人掠過這廣場？
用飛行的速度？
兩隻手向前擁抱
虛空就伸出手來

是繩子在動嗎？
還是肉體？
（總是面帶笑容）
在預定的轉角
擁抱彼此的軀體
便擦身而過

是由於速度嗎？
還是確實的擁抱？

降落對方的位置

（總是面帶笑容）
互相凝睇
對方的虛空

6

頭與手臂之間。火是翅膀。旋轉
頭。手臂
平衡。找到方向
擺盪在樓梯與
街道之間。一個傴僂的人
走向黃昏的廣場
擺盪。遠方的鴿群
振翼並啣接他們的臂膀

旋轉。火。旋轉。所有的翅膀
飛向空中。手臂。所有手臂
舉起。頭舉起。傳達一個
淨土的信仰。舉起。火。舉起
翅膀。鴿群返回並棲止於籠中

所有的人傴僂走離黃昏的廣場

7

我完全知道命運　如何
掌握兩隻手

右手抛出　悲　左手
抛出　喜　右手抛出
悲　左手抛出　喜
悲　喜　悲　喜
右手左手右手左手
悲喜悲喜悲悲喜喜
右左右左右右左左
手手手手手手手手

我完全不知道命運　如何
掌握兩隻手

8

十幾隻手確實是十幾隻手伸進來
拉我刺我捶我戳我捏我

我退到黑暗的角落再退到黑暗
的角落黑暗的角落黑暗

角落檢查我的肉體。肉體它
沒有傷口只是沒有理由地生出
翅膀生出翅膀

一躍而出我在掌聲中一躍而出把
昨日的我留在那裡我只是把
昨日的我留在
那裡

9

於是鬆了綁
留下一根迅速癱瘓的繩子

推開門再推開門門外是一個門
的世界推開門再推開門走下
一個狹小的樓梯間推開門
再推開門。走上一個狹小的樓梯間
推開門再推開門。上面
是一個門的世界——推開門

再推開門眺望門外到達不了的地域
推開門

再推開門
觸摸到一根黑暗中的繩索
緩緩綑綁自己

——一九九三年．選自現代詩社版《特技家族》

戰爭中的停格（組詩）

所有嬰兒都失蹤了

炸彈。炸在嬰兒的
私處　所有嬰兒都
失蹤了
一個皮製的臉像迅速成熟
的果實掛在樹枝上
歧出的樹枝如母親奮力伸展
的手臂。太遲的
手臂因爲突來的重量
而往下顫抖

我的頭顱在哪裡

——用刑天神話

在鬧區旁邊百貨公司
那樣高的屍塚
——
所有兄弟都在低頭尋找
頭顱

暗巷裡還有敵人在追蹤
路上佈滿偵測器。我們以乳頭
環伺四周，肚臍流淌口涎
裝扮成購物的一般人

頭顱上的蛆像一排一排
眼淚，因爲我們的到訪
而加速湧動——陌生的頭顱

因爲記憶的推擠而扭曲變形
並且奇異地
相似了

父親在十字架上

——用鯀禹神話

我站在父親前面。赤裸的
父親站在十字架上。我站在
他的前面

他們遞給我父親的眼睛。遞給我
父親的鼻子。父親的嘴巴。父親的
舌頭。我的手上捧著一個盤子

盛裝赤裸的父親以及
我稚幼的臉龐

父親並未死去，在高高的
十字架上。尖刀進入
最強硬的內部
——這是無法磔轢的部分了

我聽到父親對我
說話。他們遞給我父親的
說話
——這是無法磔轢的部分了

身體長出的新武器

前面後面左面

右面四面的馬車追趕
中間的我

如擂鼓的馬蹄在前
在後在左在右
四面的殺戮追趕
中間的我

還來不及看清他們
的模樣，我和我的馬車
仆倒在他們面前，如一座
新造的墳
並且我的前面後面左面右面
四面都長出無數箭鏃
好似我的身體
適時長出的新武器
我的新武器
如無辜的嬰兒
酣睡

——一九九四年二月·選自現代詩社版《特技家族》

潘朵拉的抒情小調 3

夏天的溽暑
如赤道的繩子
綑綁我，但我並無反抗
我在床上

窗戶外面，一朵月亮
緩緩綻放又凋謝
我在做夢。遠涉荒漠
採訪初生的百合

這盒子——世界的養分
與巫蠱。我們分而食之
嘖嘖作聲

饑餓的腹腔在體內
日漸擴大。從嘴吧鼻孔
耳朵肚臍肛門逐一佔領

（最可怕的是毫無聲響）
時間的腳步跨出夢境或鏗鏘或沈重
卻不帶任何表情，持續恫嚇

或者說溫度。燒紅的熔液一般
從空氣中漫遊，從體內流出
流入，日常生活的疲憊

我們選擇在床上，卻也無事
可做。有人笑，咳嗽，以爲
下雨了，卻也不是

所有的懷疑都變得嚴肅
那樣就難以辨認世界（例如——
與鏡子嬉戲——）
面對面喝湯不發出聲音
則加深了冷漠。聲音詮釋
親愛的本質？

那麼什麼最該留心呢。記住
夢的所有路線。月亮開放的
弧度。環繞世界二十遍，餵飽
多少饑餓的腹地都還有這麼多
不可能

（我們還在盒子裡吶）

最深沉的恐懼躺臥其中
從不睡眠。那麼，只好做一些
規律運動，並且模擬愛的語調
顯示我們並未老去

——一九九五年六月・選自現代詩社版《特技家族》

龜山島詠歎調（一）選一

之二

如大陸之對待島
島之對待嶼
嶼之對待孤獨

如岩石之對待弱水
集體之對待單一

我總看到你
在倏然抬頭之際
被天候的霧雨猝擊
以至無形

但你始終在那裡
一個剝裂的傷口

——如孤獨之離開嶼
嶼之離開島
島之離開大陸
弱水之抗拒岩石
單一之背叛集體

…………

廣大的海洋，沖刷而來
沖刷而去

你始終在那裡，陷入
弔詭的冥思？
啊，此時談永恆
（……如海洋之對待海洋……）
難以啓齒
其中的距離

——一九九九年・選自唐山版《木冬詠歌集》

沈花末作品

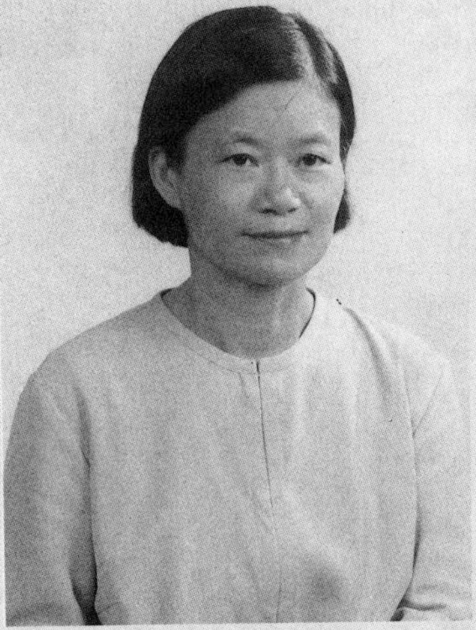

沈花末

台灣雲林人。1953年生，台灣大學中文系畢業。曾任《自立晚報》副刊主編。著有詩集《水仙的心情》、《有夢的從前》、《每一個句子都是因為你》等及散文集《關於溫柔的消息》、《橘子花香》等。曾獲優秀青年詩人獎。

我完全靜寂的生活

當那些消息不再打擾我
我完全靜寂的生活
喜歡穿過陽光的早晨
做爲一個小小的娛樂
散步祇要二十分鐘
在這個小海灣
一個豐富的半月形
遠方聚集的小帆船
似乎帶著濃濃的旅遊氣氛
或者也有航行的志願

一些舊事
輕輕的滑過水面
這個秋天的小海灣
漲潮時不斷喧嘩的聲音
持續前來對我呼喊
像是許多睡夢中的話語
紛紛碰碎了
那些很少的水鳥
竟也無心追查
水流的方向

我完全靜寂的生活
仍然藏著不同的趣味
必須完整的追覓自己
曾經找尋嬉戲的岸邊
河裡細小的蝦蟹
和尾隨春風而去的燈籠花
形成了一個含蓄的章節
反覆起落，在一組故事中
靜靜描述出來散步的一顆心

雨

下雨的窗子
淡色的油彩緩緩飄下
想著昨夜吹過的風
半絲不留

一小枚記憶墜落
這麼微青的葉子
依舊乾淨的白色棉紙
暗黃的浮著憂鬱氣息

水滴繼續幻想
在沒有夢的夢裡

——原載二〇〇一年一月十三日《台灣日報》副刊

有人知道

安閑的天空裡其實沒有雲
沒有風的位子
一粒熱烈的種籽
在尋思一個處所
愁苦的感覺有人知道
一隻紋白蝶的羽翼
透明的淡黃色
像今日的天氣想要飛行
並不需要帶著星圖
經常左右盤旋的心
向來不會停駐
一個失去的人到底是誰
某些失去的事物
到底是什麼

倉惶的是什麼
太陽下紫青的細尖葉子
蟲咬的記號如金針密密
蝕刻的印痕
有人認爲
沒有泥土的日子
一座孤獨的園圃裝滿了淚滴。

——原載二〇〇二年三月九日《聯合報》副刊

一個人

你的被苦痛磨過的記憶
沒有箱子可以收藏
你的被慌亂擊過的心靈
沒有旅館可以投宿
沒有可以相親的風景
沒有可以逗留的書籍

現實中
一個小小的角落
一個你和你之間的邊界
你一直沒有看清楚……

你的夢不能發酵
不能到達
你吐露著易於迷失的期待
鏤刻更美滿的言辭
你喃喃自語
穿過枯乾的蘋果樹下
凝視著愛情的背影
瘦瘠的身形……
載負悵惘……
歎息裡含著笑
你不曉得，有時候一個人
必須孤獨

一個人體會寶藏，或者
離棄

——原載二〇〇二年七月十三日《自由時報》副刊

今夜的話題

「我們對幸福的回味太少
說故事的想像力太多。」

這是今夜的話題
你看流蘇豐富的表白
每一朵呼吸節奏均勻
的單純
沒有遲疑困惑
沒有閃爍吞吐
只有現在
張大的力量

就會在身邊騷動如風
如潮
善意的葉子都往上飄飛
那時，
你在凝神注視……

你得到什麼啓發
一棵樹開花
一個感官野放的季節
你在凝神注視
生命這是今夜的話題
其實，故事早就已經結束
荒廢的紙頁也不會塡滿

——原載二〇〇二年七月二十六日《台灣日報》副刊

渡也作品

渡　也

本名陳啟佑。台灣嘉義人，1953年生，中國文學博士。現任彰化師範大學國文系、所專任教授，中興大學中文系兼任教授。著有詩集《手套與愛》、《我是一件行李》、《流浪玫瑰》等；另有散文集、評論集等多種。新詩〈竹〉曾被選入國中國文課本，曾獲中國時報敘事詩獎、中央日報百萬徵文新詩首獎、創世紀四十周年創作獎等。

銅油燈

生於清朝末年的一盞
銅油燈，在民藝商倉庫中
宛如最後一個太監

我找到它
它眼中無光
心中有恨

瞎了眼
沒有亮光沒有油沒有命的
一盞銅油燈
如何，爲何照亮大清

銅油燈不亮
我的燈也不亮嗎
民國的燈也不亮嗎

在一堆廢物中找到它
它蒙受一層時間
和一層人世的汙穢
我安慰它
帶它到家裡來
到民國來

去汙刮垢，療傷加油
我用心血搶救它，照亮它
使它返老還童

它重新活過來了
光，就在黑暗中舞蹈
但我立刻將它撲滅

啊，那竟是，竟然是專制時代的
一把火

——選自一九九三年漢藝色研版《留情》

宣德香爐

傳世五百多年
只爲了與你邂逅

你以手輕敲我，詢問我
我以清脆的古音
回答
你以生命聆聽，五百多年了
我的嗓子仍然不變

生而爲金屬
意志亦須堅定不變
明朝不明，清代不清
世間一切都虛僞
只有我才是唯一的
眞理
在骨董櫥中獨對多變的
宇宙

煎熬五百多年
爐中已一無所有
那麼香味從何飄來？你問
其實，五百多歲便是一種香
銅綠銹也是一種香
而爐內一望無際的空
最香

——原載一九九四年三月十三日《聯合報》副刊

我是一件行李

月台上放著許多行李
在風中，目瞪口呆
不知誰帶來？
不知將載往何處？
在廣大無邊的月台上
我是一件行李
被綑綁著
無主的行李
我不知裡面，裝著什麼
據說我是自己的主人……
哎，我是一件無知的行李

我是一個無知的包裹
從宇宙深處投郵
寄到地球
我是用皮肉包著的一個包裹
打開，裡面是
心
再打開，裡面是
愛
有些是恨
愛也好，恨也好
不知誰是收件人？
不知誰是寄件人？
大家都在追問
在郵局
在地球大郵局裡追問

原來我們都是包裹
有的限時專送，有的掛號
大都是普通郵件

投郵地點在過去
將要送往哪裡？
不知靠郵差送
還是自己送？
哎，無人遞送的包裹
送往無恨無愛的
未來

——選自一九九五年晨星版《我是一件行李》

小站

火車來到不知名的小站
雨中的小站
三十三歲的我在車中
隔著淚潸潸的玻璃
看月台
看窗外的宇宙

不期然看到，一張
熟悉的臉，在寂寞的月台
似乎，在哪裡見過？
想起來了……那是
五歲的我

我站起來，趕快
隔著哭泣的窗玻璃
對他喊
（我無法握住
他的小手）
他訝異地望著
我焦急地喊：
「回頭吧！不要
向前走，即使前方
遙遠的前方

有光，有聲音
呼喚你，也不要
向前……」

疲憊的我高聲喊：
「不要向前走，孩子
回頭吧——
回到我們的鄉下
耕田，織布，捕魚
和飼養家畜……」

起初他眼裡閃著問號，他根本
不知道我是誰
他有土地的膚色，雙頰
溢著稻香
終於他開口了：
「爲什麼？」

我正要回答
火車飛奔而去
啊，蒼老的我也向前
飛奔而去了

——選自一九九五年晨星版《我是一件行李》

天燈之一

黑暗的草坪有發亮的聲音說
「天燈是另一種流星」
然而紙糊的天燈承不承認呢

夜深時我仰望
有的天燈寫著
國運昌隆
有的寫著

祝英文考試及格
然後放到天上去
天燈都帶著光明到宇宙去了
然而它們回不回來呢
有人把祝福寫在天燈上
然後放上去
有人把愛畫在天燈上
然後放上去
把恨也放上去
把自己也放上去
啊，把地球也放上去吧
夜深時我含淚仰望
一個個天燈在雲裡消失
草坪上的人也在雲裡消失
我也消失
整個地球也消失
啊，都像流星那樣消失
然而我們和地球回不回來呢

——原載一九九六年六月二十八日《聯合報》副刊

新居

敬愛的親朋好友
我的地址已經變更：
　大里災民收容所第九帳篷
花徑不曾緣客掃
蓬門今始爲君開
歡迎常來寒舍玩

　東勢巨蛋第二十床位

是我的新巢
受傷的天空何時才能
再讓我飛翔？

敬愛的親朋好友
　竹山集山路四十四號旁
怪手清理過的那塊空地上
我和瓦礫相依為命
有空請來奉茶

敬愛的親朋好友
還有兩千四百人
一起遷往另一個新居：
　天國
我們無法去拜訪

——原載二〇〇〇年一月十三日《聯合報》副刊

澎湖素描

——石滬

一

缺口
早已在海邊守候
看來像龍門
好奇的我躍入
以為門內有桃花源迎迓

直到找不到來時路
才驚覺那是石頭築成的
美麗的陷阱
沒有桃花

一生第一次在魚網作客
第一次遠離大海的關懷
一如離家出走的孩子
一生第一次上岸，也是最後一次
一切都成爲海市蜃樓
兒時向母親學習交友
覓食和逃生的技術
都已成爲臨死前口吐的泡沫
好玩的我游入
石滬的缺口
只是一個簡單的動作
便注定永遠無法回家
永遠失去自己
啊，兄弟姊妹都跟著來
我永遠無法還它們的一生

躺在砧板上
最後一個念頭游入腦海：
倘若還有來生
來生我希望成爲
石滬

二

漁夫把大海縮小
藏在心型石滬心中
成爲愛的形狀
袖珍宇宙

水
不遠千里游來
游去
魚也不遠千里游來

魚戲石滬東，魚戲石滬西
魚戲石滬南，魚戲石滬北
魚戲石滬間

宇宙就是終站
愛，就是僞裝
上岸的魚，最後的眼神
我無法援救
因我只是供人利用的一堆
石頭
站在海岸邊
我想：倘若還有來生
來生我希望成爲
海水

後記：

石滬乃一種以石塊在海邊疊築成的圈圈（有的像心型），張潮時魚從缺口游入，退潮時則困於石滬中，漁民利用魚網或魚叉捕捉之。此為原始而簡便的捕魚方法。

——原載二〇〇〇年八月一日《台灣日報》副刊

一顆子彈貫穿襯衫
——紀念二二八罹難畫家陳澄波先生

一九四七年三月
一顆子彈突然貫穿襯衫
貫穿你的身體
貫穿嘉義
貫穿台灣美術史
啊，美噴出血來

你的一生被子彈強行帶走
而那件襯衫至今仍活著
彈孔，也活著

如果那彈孔是一顆眼睛
它已看透一切
如果那彈孔是一張嘴
所有仇恨都由它訴說？
不！它從未喊痛從未說話
五十多年了
襯衫從未說
一句怨言
一九四七年最寒冷的三月
彈孔流出鮮血

襯衫流出鮮血
夢，流出鮮血流出淚
如今已不再流
早已不再流了

襯衫早已洗得
清清白白
像你一樣
像陳家子子孫孫一樣

那彈孔就是句點
所有血的故事的句點
（世界不要再流血了）
二〇〇〇年
從那彈孔望過去
啊，台灣蔚藍的天空
一望無際

——原載二〇〇〇年十二月六日《聯合報》副刊

葉紅作品

葉　紅

本名黃玉鳳。四川渠縣人，1953年生於台北。曾任河童出版社社長、耕莘青年寫作會副理事長。著有詩集《藏明之歌》、《廊下鋪著沉睡的夜》、《瀕臨崩潰的字眼感覺有風》、《紅蝴蝶》等。曾獲耕莘文學獎新詩首獎等。

指　環

指讓環緊緊圈住
再沒空隙
指問
這是愛的刑罰嚒？
環　笑而不語
指蜷曲
緊緊扣住了環

——一九九二年十一月十三日・選自鴻泰圖書版《藏明之歌》

藏明之歌

半醒若寐
一朵紅雲趺坐蒲團上
綠影滿塘，托住它
搖搖晃晃
一池蓮花欣然綻放
似交待了仙蹤的神話
欣欣然
牽動了萎落之歌
嘆息是胸口的風
送走滿懷清香
顏色是落日的彩裳
退還或贈予
沒有太大的不同
身子和著莖骨沉入
當初生發的泥中
黑不能再黑
暗不能更暗……
熄滅的形

揮散了自己的影子
而形滅多好
蓮
在心中點燈

——一九九三年七月七日・選自鴻泰圖書版《藏明之歌》

簫

抿微潤的唇
成細縫
湊緊你
用心吹動心
振動這頭的我
振動那頭的你

——一九九三年九月・選自鴻泰圖書版《藏明之歌》

絕響

絕響是一縷輕煙
眾人口裡的話
溢美之詞
絕響是另一個尚未響起之前的
最後一響
何以放棄清涼
選擇了這等淒苦?
使勁抱住自己
肉翼 頭也不回
將喘息交予遺忘
熱在體內狂瘋地聚集
頂住沸騰
筆直衝向唯一的

轟然——
舒坦中
胸膛似百合
放聲傾吐深埋的願望
血　奔竄
凝成無數跳動的手指

而最後鮮紅的一彈
能否落在你心上？
如托住一切動念
爲我
托住這永世的
絕響

——一九九三年・選自鴻泰圖書版《藏明之歌》

撒旦的臉孔

在地窖中摸索
幾近完美的臉孔
就快要捏塑完成
拋下黑暗的時刻終於盼到了

階梯頂端，倏地瀉下一道亮光
映現一張如微曦的面容
不十分眞切
那雙令人悸動的眸……
忍不住，我輕喚：「使者！」
神祕的，他低聲：
「是撒旦?!」

藏起美麗卻未完成的面具

又一次我向幽冥深處陷退

——一九九四年九月三日．選自鴻泰圖書版《藏明之歌》

誰的夢

夜　睏極了
眼順勢合衣躺下
鼻緊挨著，沒再吭一聲
耳悄悄地關上店門
舌早已放得不能再鬆了
都打烊了嗎
夢　該留給誰做

——一九九五年三月十九日．選自鴻泰圖書版《藏明之歌》

瀕臨崩潰的字眼感覺

有風

漂亮的圓裙在椅子上低聲哼歌感覺有風
淺黃色的布鞋繞著鞋櫃持續張望門外
肥皂在同一間浴室裡忠實地變小變瘦
需要深刻碰觸的對號密碼說熱
火爐上水沸了迷迭香需要沖泡
窗臺下深綠色的植物按時澆了雨水
喝花茶多少歡愉放些糖和鈕釦用碟子
轉動後的喜悅轉動最重要的現在
粗糙地折磨粗糙地觸及靈魂有益於
雌雄同體還原局部繼續長大轉過身體
不經意地數著一遍一遍瀕臨崩潰的字眼
好複雜好多斑點在大圓裙上泛紫變大

在幽暗中繼續　繼續

——一九九七年九月・選自河童版《瀕臨崩潰的字眼感覺有風》

陳義芝作品

陳義芝

台灣花蓮人，1953年生。1970年代初開始文學創作。曾主編年度詩選、年度小說選、新世紀散文家書系，歷任詩人季刊主編、聯合文學資深編輯、聯合報副刊主任，並於大學講授新詩、散文、現代文學思潮等課程。著有詩集《青衫》、《新婚別》、《不能遺忘的遠方》、《我年輕的戀人》等，散文集《在溫暖的土地上》，論評《不盡長江滾滾來》、《從半裸到全開》。曾獲中山文藝獎、時報文學推薦獎、圖書金鼎獎等。

溪底村（一九五九）

——大肚溪流域之一

馬燈掛在漆黑的夜裡
木瓜藏進米缸裡
冬天才剛開始
海濱木麻黃就一排排奔跑
散髮唏噓，又靜止張望
從溪口颳的風，一團人似
急行軍過

屋內燈火無力
照料燒出疹子的弟弟
黃昏血崩的母親仍沈沈昏睡
狗哭斷續，迴盪
一頂扯破的蚊帳
惶惶如泥塗的草繩

來了！馬燈
翻過香茅嶺來了
水尾街上的醫生走過蘆葦地
一隻野鵪鶉竄出
微弱而清楚的雞啼在遠處
夜將醒未醒
漸透出點點的光

木瓜在米堆中痲漬漬變黃
颱風七月，收音機鎮日播報消息
躁鬱的，一鍋熱滾滾
玉米粥的天氣，過午風雨轉急
瓜棚下僵斃許多昆蟲
硬殼的金龜子仰躺著

黑天牛也落難了
到處是枝葉的殘宴
風後，我坐在壓水機旁
用濕布抹拭煙熏的燈罩
母親將吹落的青木瓜擦成絲，托上麵粉炸
「一隻鳳凰養九子……」
曾經纍纍的瓜實流出白乳汁
她的故事摻進一股甜膩的油香
「一隻黑豹披了件紅斗篷，在窗外……」
我按住手指頭微使力
燈罩越擦越亮
樹林裡的氣息一天天淡
空氣越來越透明，眼看
上學的日子近了

——一九九一年一月·選自九歌版《不能遺忘的遠方》

我思索我焦慮之一

有人問
爲什麼獨留一朵紅花在枝頭
我說像那懸絲玩偶的命
背後也總有一隻手

有人問
爲什麼設下一重又一重的門
我說要安定人哪
一顆顆左顧右盼的心

有人問如何去到
山的頂上，森林原始，彩虹的另一端
我說雷雨的清晨望日出
夢是一條出路……

但無人問
童話究竟是什麼顏色
也無人答
像等待延長的那串音符嗎

一部汽車甲蟲般越過丘陵地
一列火車在海藍的天空下馳過平原
黃昏升起了倦意
港灣中的大油輪眨眼就
消失不見

這世界，彷彿有人
其實沒有
我握筆沈吟中看到
心頭狂飛的蓬草

——一九九二年九月．選自九歌版《不能遺忘的遠方》

我思索我焦慮之二

我刻意記下不完整的夢境
例如枯樹溺死的霧夜
紅旗失聲的山頭
一個骷髏在古堡的故事中迷路
一盞風燈在斷壁的歎息裡徘徊
一掌海星在亂針刺繡的睡意裡
貼上我胸——霧又潮浪般地來了

有人「啊！」地一聲倒下
額上還抖動一支飛鏢
來了，遠處舢板划進陌生的水域
白色的光弧起落如脫兔，莫非
我苦苦追尋的敵蹤
來了，風信雞在風中狂亂地轉著

水鱗和陽光的大合唱
我躲進金屬簧片共鳴的
夜的鍵盤
揣想夢的起手式應落在
第二或第三拍
小心追躡昨日未完成的賦格
在一座尖頂教堂底下
終於失去了夢

——一九九二年九月，選自九歌版《不能遺忘的遠方》

住在衣服裡的女人

我渴望妳覆蓋，風一般輕輕壓著我
以妳細緻的皮膚如貼身的夜衣
或彷彿就是我自己的皮膚

牛仔褲是流行的白話，寫著詩一般騰躍的短句
開叉裙有古典的文法，銘刻了長篇的祈禱詞
春天一呼喊，妳絲質的襯衫就秀出兩朵
粉色的花苞給如夢的人生看

然而我知道，眞實的祕密總隱藏在身體的櫥窗裡
「打開看看吧！」妳含笑的眼神時常這樣暗示我
爲一顆鮮紅的果子而羞澀

千百個櫥窗中我看到妳眩人心神的笑彷彿未笑
寬鬆衣襬下搖蕩一奧祕的天體
蹙眉思考如聖經紙印的字典

多像一隻遠遁人煙之外卻愛戀著人世的狐
妳豈是我遺失的那根肋骨
或者我應是黏附妳身的一塊肉
降謫於床笫，化身成一條天譴的蛇

我渴望穿妳，當披肩滑落勢如閃電
圍裙像黃金的穀倉微妙擺動
空氣在摩擦，日光在接吻
我渴望套頭的圓領衫埋入妳胸脯，陷身桃花源

放棄棉紗纖維的研究自是日
我專攻身體的誘惑，例如鈕扣鬆脫拉鍊滑雪
分分秒秒念著521　521……的傳訊密碼

自是日妳深潛我夢中撐開一把抵擋熱雨的傘
沿足踝的曲線向北方，妳是我望中帘幕半遮的門
我深信妳打開的皮包中永遠藏有我
——一堆親暱而俚俗的話

——一九九六年七月・選自九歌版《不安的居住》

雅座七〇年代

所謂祕密就是
七顆鈕釦只解三顆
黑暗的甬道
透入一絲絲光的遐想
和喘息

所謂轆轤
是一種遊戲方法
激流拍岸
浪揚起
又潰退
魚在鉤上搖擺
論口風之鬆緊

那年代只關心路上的草繩
誰管田裡的蚯蚓
要不要把禾莖放倒
把新穗剝開
要不要嗅一嗅
生腥的氣息

去作薜荔
因爲有一座高牆可以攀附
覺得窒息
因爲緊挨的水壩進行壓迫
所以暈眩
因爲沒有光
所以不安
因爲貓叫而不知要幹什麼

——一九九四年四月·選自九歌版《不安的居住》

觀音

妳坐我旁邊
像一尊瓷白的觀音
鼻頭沁一絲絲汗
蜜蜂剛剛飛走
柔軟的唇吐著金魚的話
距離如透明的玻璃缸
蔥白一樣的手指啊
應該捲進荷葉裡
還是棉被裡

妳坐我旁邊
像一間聽不到回音的空房
光滑的石頭被水包圍住
溺水的是太陽

暈黃的月勾在山頂上
溢出比電光還明的稜線
從夜的睫毛下滑
向月亮的酒窩
向月球的乳頭

妳不知道我抱住水滑的石頭
正嚼著包蔥白的荷葉餅
妳不知道我已抱住觀音
不敢下滑……
頭髮是慾望衣服是摩擦
我和楊枝淨水瓶最靠近的呼吸擁抱
妳坐我旁邊
是我取水的
深潭

——一九九五年七月．選自九歌版《不安的居住》

大別

一句話只說了一半
怕是讖語，就在舌尖打了結
他楞了一下立時警覺
憨憨地一笑，出了遠門
陰影裡的她遂永遠記住
原是小別的那一日天色

——一九九七年十月二十八日．選自九歌版《不安的居住》

喘息

眉飛過來月在呼吸
眼飛過來星在呼吸
唇吻飛過來溪谷在呼吸
胸乳撞過來大山在呼吸

腰肢召喚滾地的風
臀圍召喚當頭的火
花苞與花梗同聲召喚青焰
那像打鐵的喘息

——二〇〇〇年一月，選自聯合文學版《我年輕的戀人》

四月二十一日，大埤湖

最後一天
父親坐在湖邊
之後就進了醫院

湖水滿漲，那一天
前所未見的清澈
父親許久不看山水的眼光
隨一隻白鷺鷥而起落

我問喜歡坐家裡還是這裡
他說這裡

最後一天我陪父親吃飯
在湖邊的咖啡館

一口一口地餵，他像嬰兒張著嘴
不說什麼話
也不想匆匆就離座

那日的鰻魚飯不錯，他全吃了
一口一口又喝下南瓜湯
等咖啡上桌，父親說自己來
他用顫抖的唇去接
假牙在嘴裡發出格碰的聲音

那日的陽光不錯
我說爸去湖邊散個步吧

腳走起來木楚楚地，父親回答
扶桑和杜鵑開在兩旁
山坡是如癡如醉的桃紅山芙蓉

更遠，一樹紅葉獨立在晚春
一人持長竿拋長線到湖心
最後一天
不知父親看的是什麼顏色
沉默的他留住什麼樣的聲音

那日的陽光不錯
傍晚天色卻將陽光收了回去
最後一天
我背起父親
走向停車的地方

後記：

四月二十一日偕紅媛陪父親至內湖「碧湖公園」。碧湖原名大埤湖，父親面對著湖多次問：「這個湖叫什麼名字？」第二天他就住進醫院。五月二十日辭世。

——二〇〇二年六月九日·選自聯合文學版《我年輕的戀人》

詩卷

王添源作品

王添源

台灣嘉義人，1954年生。輔仁大學英文系畢業，淡江大學西洋語文研究所碩士，廈門大學歷史研究所博士候選人。曾任台北書林出版公司主編、台北文鶴出版公司總編輯。現任東吳大學英文系教授、台北台明文化社長兼總編輯。著有詩集《如果愛情像口香糖》、《我用膺幣買了一本假護照》、《往事》等。曾獲中國時報文學獎新詩評審獎。

貝爾法斯特十四行

那一年我們在清寂的貝爾法斯特
在北街一家簡陋的汽車旅館做愛
急促熱烈像鳥類在春天交尾
我記得那一天剛好是情人節
窗外紅磚牆上的口號令人特別傷感：
「共和軍永不投降、爲烏爾斯特奮戰」
纏綿之後你要我更加注意政府軍的搜捕

逃亡期間我沒有停止暴亂與反抗
並且祈禱在萬聖節前仍能活著
見到妳和嬰孩在古老的天主教街
告訴他或她我一生的倉皇與流蕩
是爲了讓北愛爾蘭不再有這樣的標語：
「我們弱小是因爲我們沒有站起來」
如能這樣我就會放下武器向他們投降

——原載一九九九年九月十五日《聯合報》副刊

我的一生都在尋找十四行

我的一生都在尋找，彷彿
墨水在尋找鋼筆，鋼筆
在尋找紙，紙在尋找文字，文字
在尋找一篇文情並茂的情書

我的一生都在尋找，譬如
長空尋找風的影子，白雲尋找
水的氣息，喧囂尋找寂寥
寒冷的冬夜尋找麻辣火鍋料

我的一生都在尋找，曾經
在榜單尋找名字，在橄欖球賽
尋找達陣機會，出門前尋找
鑰匙，回家前尋找車位

終究我的一生，都在尋找
那揚起塵埃，未曾止定的野馬

——原載二〇〇一年一月二十九日《聯合報》副刊

旅人十四行

穿越被雲翳籠罩的城市
故意離開你到遠地旅行
在河左岸站著喝咖啡
判讀一張舊版的地圖
在異國說話用錯時態
住在一宿一飯的民居
習慣碼頭和機場的情緒

思念是旅途最沈重的行囊
也最適合在寂寞時治療哀傷
離家三千里最容易想你
難以解讀棲息唇間你的秘密
寫給你一張風景明信片
用時間思索你未開展的容顏
並且了解這一生我終要離開你

——原載二〇〇一年三月三日《臺灣日報》副刊

我的一生都在忘記十四行

從流浪的滄桑歸來
我忘記了沿途的風景

走出汗牛充棟的書屋
聖哲的嘉言我無從記取

投票選出新的領導人
我無法追溯他競選的諾言

打完一場精彩的球賽
我何須回憶傑作和失誤

細數不盡美麗的容顏
哪一個臉龐不曾在記憶裡淡忘？

談過一場疲憊的愛情
我已記不得哪樣的氣氛最令人神傷

寫了這樣一首十四行
我不如把所有的詩藝都忘記

——二〇〇一年四月三十日

我們沉默仰望十四行

我們沉默仰望漆黑的夜空
構想或思考星球死亡或
誕生的緣由。也經常低頭
為大地震顫的平原和高山
相互推擠的原因喋喋不休
我們總是堅持己見，聽不進去
對方的辯駁。在劇烈的爭執裡
放任鳥群為遷徙的方向分歧，
失路；獵戶追蹤獸跡忘返迷途
強國為飛彈的目標對立衝突
我們也依然隨意任性，無視
魔鬼帶著微笑推銷死亡，鱷魚
飽餐後垂淚為食物哀悼，以及
杜鵑戴著鐐銬在春雨裡飄搖

——原載二〇〇二年五月七日《中央日報》副刊

陳黎作品

陳　黎

本名陳膺文。台灣花蓮人，1954年生，台灣師範大學英語系畢業。現任花崗國中教師，東華大學中文系兼任助理教授。著有詩集《家庭之旅》、《小宇宙》、《島嶼邊緣》、《貓對鏡》、《陳黎詩選》等；另有散文集、音樂評介集等凡二十餘種。譯有《帕斯詩選》、《聶魯達情詩選》、《辛波絲卡詩選》等。曾獲國家文藝獎、吳三連文藝獎、中國時報文學獎推薦獎、敘事詩首獎、新詩首獎、聯合報文學獎新詩首獎、梁實秋文學獎詩翻譯獎等。

家庭之旅

而它自然是一本書
一本體例乖謬，卻又千眞萬確的辭書
印在四色牌上，印在借據上
印在拘票上，印在結婚證書上

這一頁是被時間通緝的我的父親
因爲他的母親是一隻蟳，在海中游，在沙
　中走
所以他的弟弟們名字都是水
她的丈夫坐著流籠從山上下來，帶著
山的精力與火的粗暴：壓她、揍她、剋她
在酒醉的夜半讓她抱著孩子洗滌身上的傷
　痕
而他恨自己名字裡跟他父親一樣的火，一
　如他恨
那使他孿生弟弟一個夭折、一個殘廢的
　肺炎與爛瘡

這一頁是諱疾忌醫的家族病歷史——
不孕的姑婆，失蹤的外公
同住了二十年才知道親生父親是我祖父的
　我的舅舅
嫁給我的四叔，生了三個智能不足孩子的
　我的嬸嬸兼表姨
只知道生育，不知道養育、教育的我的祖
　父……

這一頁是難字、廢字檢字表——
溺水的伯父，自囚的堂叔
年輕時逃家私奔，年老時落髮爲尼的我的
　姑媽

這一頁是注音符號檢字表——
讀：讀了幾年書，貪汙瀆職的我父親
毒：賭了大半生，吸毒、販毒的我的父親

它們在我的行李箱裡旅行
一次又一次地打翻字盤，重新排列
成爲我的兄弟，成爲我
那些空白的是母親們的淚
愛情，憂傷，沈默的擁抱
擁抱焦急的火，擁抱
重新回來的浪
在時間的沙灘上，一遍又一遍地閱讀
愈翻愈白的海的書頁

——一九九〇年六月．選自九歌版《陳黎詩選》

島嶼邊緣

在縮尺一比四千萬的世界地圖上
我們的島是一粒不完整的黃鈕釦
鬆落在藍色的制服上
我的存在如今是一縷比蜘絲還細的
透明的線，穿過面海的我的窗口
用力把島嶼和大海縫在一起

在孤寂的年月的邊緣，新的一歲
和舊的一歲交替的縫隙
心思如一冊鏡書，冷冷地凝結住
時間的波紋
翻閱它，你看到一頁頁模糊的
過去，在鏡面明亮地閃現

另一粒秘密的釦子——
像隱形的錄音機，貼在你的胸前
把你的和人類的記憶
重疊地收錄、播放
混合著愛與恨，夢與眞
苦難與喜悅的錄音機

現在，你聽到的是
世界的聲音
你自己的和所有死者、生者的
心跳。如果你用心呼叫
所有的死者和生者將清楚地
和你說話

在島嶼邊緣，在睡眠與
甦醒的交界
我的手握住如針的我的存在
穿過被島上人民的手磨圓磨亮的
黃鈕釦，用力刺入
藍色制服後面地球的心臟

——一九九三年一月・選自九歌版《陳黎詩選》

小宇宙（選四）

1

「草和鐵銹誰跑得更快？」
春雨後，廢棄的鐵道旁，
有人問我。

2

一顆痣因肉體的白
成爲一座島：我想念
你衣服裡波光萬頃的海。

3

婚姻物語：一個衣櫃的寂寞加
一個衣櫃的寂寞等於
一個衣櫃的寂寞。

4

忽強忽弱的迴旋曲：
虛無共和國的抽水馬桶又在演奏
它們含糊不清的國歌……

——一九九三年．選自九歌版《陳黎詩選》

一首因愛睏在輸入時按錯鍵的情詩

親礙的，我發誓對你終貞
我想念我們一起肚過的那些夜碗
那些充瞞喜悅、歡勒、揉情秘意的
牲華之夜
我想念我們一起淫詠過的那些濕歌
那些生雞勃勃的意象
在每一個蔓腸如今夜的夜裡
帶給我飢渴又充食的感覺

侵愛的，我對你的愛永遠不便
任肉水三千，我只取一瓢飲
我不響要離開你
不響要你獸性搔擾
我們的愛是純啐的，是潔淨的
如綠色直物，行光合作用
在日光月光下不眠不羞地交合
我們的愛是神剩的

——一九九四年八月．選自九歌版《陳黎詩選》

腹語課

惡忽物務誤悟鎢塢騖蓩噁岉蘁甗痦逜埡芴
軏杌婺鶩堊沕迕遻鋈矹粅阢靰焐卼煟扤屼
（我是溫柔的……）
屼扤煟卼焐靰阢粅矹鋈遻迕沕堊鶩婺杌軏
芴埡逜痦甗蘁岉噁蓩騖塢鎢悟誤務物忽惡
（我是溫柔的……）

惡餓俄鄂厄遏鍔扼鱷蘁餩嶭蝁搹圔軶豟豟
顎呃愕噩軛阨鶚堊諤蚅砨砐櫮鑩岋堮枙齶
萼咢啞崿搤詻閼頞堨堨頞閼詻搤崿啞咢萼
齶枙堮岋鑩櫮砐砨蚅諤堊鶚阨軛噩愕呃顎
豟軶圔搹蝁嶭餩蘁鱷扼鍔遏厄鄂俄餓（而
且善良……）

——一九九四年十月．選自九歌版《陳黎詩選》

福爾摩莎．一六六一

我一直以為我們是住在牛皮之上
雖然上帝已經讓我把我的血，尿
大便，和這塊土地混在一起
用十五匹布換牛皮大之地？
土人們豈知道牛皮可以被剪成
一條一條，像無所不在的上帝的
靈，把整個大員島，把整個
福爾摩莎圍起來。我喜歡鹿肉的
滋味，我喜歡蔗糖，香蕉，我喜歡
東印度公司運回荷蘭的生絲
上帝的靈像生絲，光滑，聖潔
照耀那些每日到少年學校學習拼字
書法，祈禱與教義問答的目加溜灣
與大目降少年。主啊，我聽到他們

說的荷蘭語有鹿肉的味道（一如我
在講道中不時吐出的西底雅語）
主啊，在他里霧，我使已婚女子及
少女十五人能為主禱告並會使徒信條
十誡及餐前餐後之祈禱，在麻豆使
已婚年輕男子及未婚男子七十二人能
為各種祈禱，並會聖教要理，且閱讀
亦藉宗教問答之懇切教授與說教，開始
增廣其知識——啊，知識像一張牛皮
可以摺疊起來放在旅行袋，從鹿特丹
旅行到巴達維亞，從巴達維亞旅行到
這亞熱帶的小島翻開成為吾王陛下的田
上帝的國，一條一條剪成二十五戈
東西南北繞出一甲繞出三張犁五張犁
在熱蘭遮街，公秤所，稅務所與戲院
之間，我看到它飄揚如一面旗，遙遙

與普羅岷西亞城相微笑。啊知識
帶給人喜悅，一如好的飲食，繁富的
香料（我但願他們知道怎麼煮荷蘭豆）
柑大於橘，肉酸皮苦，但他們不知道
夏月飲水，取此和鹽，搗作酸漿入之
其滋味有甚於閨房之樂者。在諸羅山
我使已婚年輕女子三十人能為各種祈禱
並會簡化要項，在新港，使已婚男女
一百零二人能閱讀亦能書寫（啊，我
感覺那些用羅馬拼音寫成的土著語聖經
有一種用歐羅巴薑料理鹿肉的美味）
華浦蘭語傳道書，西底雅語馬太福音
文明與原始的婚媾，讓上帝的靈入
福爾摩莎的肉——或者，讓福爾摩莎的
鹿肉入我的胃入我的脾，成為我的血尿
大便，成為我的靈。我一直以為我們是
住在牛皮之上，雖然那些拿著鉞斧大刀

乘著戎克船舢板船前來的中國軍隊
企圖要用另一張更大的牛皮覆蓋在
我們之上。上帝已經讓我把我的血
尿，大便，像字母般，和土人們的
混在一起，印在這塊土地
我但願他們知道這張包著新的拼音
文字的牛皮可以剪成一條一條，翻成
一頁一頁，負載聲音顏色形象氣味
和上帝的靈一樣寬闊的辭典

——一九九五年四月·選自九歌版《陳黎詩選》

註釋：

目加溜灣，大目降，他里霧等皆平埔族社名。西底雅語，華浦蘭語皆平埔族語（西底雅即西拉雅）。熱蘭遮街為荷據時期(1624–1662)荷蘭人在大員島（今台南安平）所建之市街。普羅岷西亞城（在今之台南赤崁樓）亦為荷蘭人所建。據說當初荷蘭人以十五匹布向原住民求借牛皮大之地，許之，乃「剪皮為縷，周圍里許」（連橫：《台灣通史》）。戈為荷人計量單位，等於一丈二尺五寸，四邊各二十五戈為一甲，五甲為一張犁。關於荷蘭教士在台灣傳教之描述，參閱〈台灣基督教教化關係史料(2)〉（附錄於《巴達維亞城日記》第三冊，村上直次郎日譯，程大學中譯，台北，一九九一）。

在我們生活的角落

在我們生活的角落住著許多詩
它們也許沒有向戶政事務所申報戶口
或者領到一個門牌，從區公所或派出所
走出巷口，你撞到一位邊跑邊打大哥大的
　慢跑選手
尷尬的笑容讓你想到每天晚上在家門前幫
　年輕太太
擦紅色跑車的老醫生，原來

它們是一首長詩的兩個段落
物件和物件相聞而不必相往來
一些浮升成爲意象，向另一些意象
求歡示好。聲音和氣味往往勾搭在先，暗
　自互通
聲息。顏色是羞怯的小姊妹，它們必須待
　在家裡
擺設好窗簾床罩浴袍桌布，等男主人回
　家，扭開
燈。一首詩，如一個家，是甜蜜的負擔
收留愛慾苦慾，包容肖與不肖
它們不需到衛生所結紮或購買避孕套
雖然它們也有它們的倫理道德和家庭計畫
門當戶對不見得是最好的匹配
水乳固然可以交融，水火也可以交歡

黑格爾吃白斬雞，黑頭蒼蠅辯論
白馬非馬。溫柔的強暴
震耳欲聾的寂靜
不倫之戀是詩的特權
它們有的選擇活在暗喻的陰影或象徵的樹
　林裡
有的開朗樂觀，像陽光的蜘蛛四處攀爬。
　有些
喜歡餐風飲露清談野合，有些則像隱形的
　紗
散佈在分成許多小套房出租的你的腦中，
　不時
開動夢或潛意識的紡織機
許多詩據說被囚禁在習慣的房間。你閉門
覓句，翻箱倒櫃，苦苦呼喚，甚至騎著電
　子驢

驅趕滑鼠，敲鍵搜尋。打開窗戶
寬天厚地，它們居然在那裡：
雨後的鳶尾花。放學回家的
一隊鷗鳥。歪斜的
海的波紋
煮著一鍋番茄和幾片豆腐的微波爐

你想到還要幾粒豌豆。你走進超市看到
罐頭罐頭罐頭罐頭罐頭罐頭罐頭罐頭罐頭
罐頭罐頭罐頭罐頭罐頭罐頭罐頭罐頭罐頭
罐頭罐頭罐頭罐頭罐頭罐頭罐頭罐頭罐頭
你隨手拿了一罐，發現挖空心思，刻意
求索的它，原來因缺席而存在：
罐頭罐頭罐頭罐頭罐頭罐頭罐頭罐頭罐頭
罐頭罐頭罐頭罐頭　　罐頭罐頭罐頭罐頭
罐頭罐頭罐頭罐頭罐頭罐頭罐頭罐頭罐頭

一顆紅柿孤獨地在收銀台上。你說
妙哉，一顆紅柿孤獨地在收銀台上
一行字自成一戶
你不免懷疑它移民自日本或多絕句的盛唐
但是你完全不在意。完全不在意它們可以
　全部裝進
一個小小的購物袋

——二〇〇〇年一月・選自九歌版《陳黎詩選》

舌頭

我把一節舌頭放在她的鉛筆盒裡。是以，每次她打開筆盒，要寫信給她的新戀人時，總聽到囁嚅不清的我的話語，像一行潦草的字，在逗點與逗點間，隨她新削好的筆沙沙作響。然後她就停了下來。她不知道那是我的聲音，她以為從上次見面後不曾在她耳際說話的我，已永遠保持沉默了。她又寫了一行，發現那個筆劃繁多的「愛」寫得有點亂。她順手拿起了我的舌頭，以爲那是橡皮擦，重重重重地往紙上擦去，在愛字消失的地方留下一沱血。

——二〇〇二年四月

詹澈作品

詹　澈

本名詹朝立。台灣彰化人，1954年生，屏東農專畢業。曾任校刊《南風》主編、《夏潮》雜誌編輯、《春風》雜誌發行人、台灣農民聯盟副主席、台東地區農會推廣股長，現任農漁會自救會辦公室主任。著有詩集《土地請站起來說話》、《手的兩史》、《海岸燈火》、《西瓜寮詩輯》、《海浪和河流的隊伍》等。曾獲洪建全兒童詩獎、陳秀喜詩獎、年度詩人獎等。

翡翠西瓜

翡翠西瓜據聞爲故宮國寶，琢於何期盛代待考。唯南朝偏安歌舞昇平，北梁爍金爲寺亦無功德。至國共內戰輾轉流落，過宋氏垂簾繡手，今伊西出陽關，不再顧盼，終將不知何處……。

想用最平白的語言
（像對著已過身的不識字的母親說話）
想用最簡單的文字素描翡翠西瓜
（像在像貝殼像貝葉的西瓜葉上寫象形文
字）
想在觀注中
浮現那個朝代的剪影
然而煙雨和硝煙
從眼、從耳、從鼻入侵
（我坐在西瓜寮的板床上
讓黑暗印證黑和夜本是一體而不同性）

太陽白色時從東方進入眼界
紅色時遍照至天邊和眼角
但黑色眼珠的中央
在最黑暗的黑暗處
它吸取又放量星的光能
（我坐在西瓜寮的板床上
想如何遮住侵犯的人世燈光
想更清楚的見那最遠最遠
難以億計難再現的星）
然後——
我呼口氣緩緩站起
倚在門口，看著西瓜園
一粒眞實，眞實的西瓜

不知不覺已經長大
汗水和心血所澆灌了的
那細細網絡好像經緯
網住地球上未成熟的紅色
綠色果皮已褪盡絨毛
眼前正在成長的圓
無需歷史辯證法則
無需人性解析
在月色下發著微微的光亮
早已是個存在

但另一個被雕琢的影子
翡翠西瓜
曾經擺置宮廷角落
留連在閒人的眼光餘波
從烘托的光圈中
人們認眞識假認假識眞
在翡翠、綠玉和瑪瑙的界中徘徊
豈知
那雕琢的原始勞動者以他的苦行
用完美的完成舒解生存的飢渴
藍、綠、赭、黛、靛、紫的交織色彩中
是否有那麼一點鮮紅是他的血
有那麼一點白晶是他的淚
時間凝固在那點上
空間縮小至極肉眼所現
是一粒原子或至介子
因力而有光譜
而有七種慾望的形式

那些終將被擺置在二十一世紀的拍賣場上
眞實的和眞實中的假相
都歸類爲物化後異化的商品
世界財富南北不均但暫時堆積

在一個角落蘇富比
在那裡人們可以用嘴叫喊一個數字
可以交換地球的元素錦繡河山的結晶
和人的靈魂
紙，可以交換黃金，但
包不住火、慾望和肉體

那眞實的和眞實中的假相
終將在時空下解構敗壞
試看那翡翠西瓜
烙印了歷代帝王的手紋
他們的愛憎交織成那細細的
肉眼看不見的網絡
還有那勞動者的苦行所留下的雕痕
還有那文字所記
看得見與看不見的都不再有時
只剩下那駐留的一點星光
在翡翠西瓜的體內游離
在它原本是礦的那座山上放量

——一九九四年．選自元尊版《西瓜寮詩輯》

夜夢

那聲音從遙遠的地方傳來
遙遠如童年以前就曾聽過
現在卻驚醒了夢
那聲音，如銳利的匕首
挑斷琴弦

那聲音，像鋸齒鋸著岩石
撕裂中有著更尖的尖銳
藉著魁梧的風
從窗縫擠進耳膜
窗外，其實還是黑夜

那聲音從村落東北角傳來
在空氣中
看見它痙攣的神經在顫動
夜把身體壓低
讓那聲音箭一樣從髮上穿過
死亡，牢牢的盯住那聲音的主人
是的，童年以前就曾聽過
而且瞭如指掌
貧窮的農村還未翻身
豬價慘跌時
農民不願多繳屠宰稅
在私宰著一隻懷孕的母豬
那聲音，從大地深處
從一個子宮狀的大氣球裡奔出來
我看見一團影子
從村落裡的山谷竄出
又埋藏在更大的夜裡

——一九九六年·選自元尊版《西瓜寮詩輯》

碩鼠

碩鼠碩鼠，無食我黍
三歲貫女，莫我肯顧

——詩經魏風·碩鼠

碩大無比比黑夜更難捉摸
在悉達多降世以前
在孔丘作春秋和詩經三百以前
牠早已無性生殖遺傳至今
當碩鼠經過你鼠蹊竄升
那種感覺，從生命到生活底層

你的肉體和靈魂就受牠牽制
——這有頭有尾正在膨脹的慾望
縱使死了還會留下灰色尾巴在人間

碩大無比比黑夜白露更難捉摸
從月洞般的井口或積水的火山嘴
牠經過時間隧道
走過一次鋼索和二次雪線
在我們的領土上出現了
在各種建設藍圖上踢正步
我們的圖騰被踩成佝僂和虛胖
幾乎就是牠碩大無比的影印

（大田鼠又名山胡能掘三窟藏身
飛鼠在樹與樹之間滑翔如F十六
錢鼠沿著寸土寸金的地鐵捷運爬行
竹鼠啃食冬筍節節升高預算
麝香鼠以體液分泌物試媒體口味
翻江鼠倒翻肚皮在海峽中戲耍風浪）

隨著科技進步牠們分工越細
應用各種物理和化學程式僞裝
從背後看時是凝固的液體
從前面看已是流動的固體
太陽下似田埂邊的石頭
入夜後卻長出月光絨毛
例如電腦螢幕上的游標
遊走在不再生產糧食的土地上

牠們已是他們，身體和圖章異化爲子彈
貫穿圍標圍牆民代天窗
——這有頭有尾正在膨脹的慾望
如增生細胞繁殖直到鼠疫再度來臨
愛情如麵包發霉長滿孢芽

沒有一個人願意再勞動生產糧食
天空充滿逃難的人形玩具氣球
沒有一朵雲願意再下雨給大地

——一九九六年·選自元尊版《西瓜寮詩輯》

勇士舞

邪靈向他們靠近
一大群烏賊吐墨
像黑雲能夠變成礁岩
海浪突然退後倒翻
邪靈被他們驅離

雅美族的男人
胯間丁字褲
像用麻布擰成的白色十字架
從他們鼠蹊傳導陽功
用一根男性
和烏木棒
高高舉起狠狠向木臼洞撞擊下去

用赤膊
和裸體的太陽
一起半蹲下來
往上跳又向下頓步
把影子踏扁踏進土裡
濺起泥濘和灰塵
然後像飛魚穿過海浪叉開的手指
他們腳板後翻例如尾鰭
然後像山豬
紅眼裂牙咬向邪靈
他們手握拳頭哼哼著前進

彷佛橫行向海洋沒有柵欄

彷彿他們牽手在山上搖擺
其實他們就是在山上搖擺的海浪
圍著他們的島
和裸體的太陽

——原載一九九七年二月十五日《聯合報》副刊

獨木舟

在它的記憶裡
樹曾經躬著腰
從山上走下來
死亡被刨開
被刨開的樹皮
片片復活的浪花
樹脫胎換骨
成形的獨木舟舉起雙手
以它的初生
以樹的靈魂
游行在海的身上

旋轉在樹體內的年輪
變成了獨木舟的眼睛
獨木舟看見了時間的形體
黑白相間
例如凝固的漩渦
雕刻在它的兩舷

獨木舟首尾翹起兩叉浪尖
像是微笑著的嘴唇
抿緊弧形唇線
不想啓唇露出齒舌
或許默想著回復成樹
回到山上
抵觸浮在山頂的月牙

天生孤獨的獨木舟
在海邊聽見
　森林中樹和樹在說話
在孤獨中須索絕對自由的
獨木舟
像月牙垂掛向海面的釣鉤
用月光釣著海浪
用那不可能的可能
然而你看過最孤獨的海浪嗎
它為了那一種自由
可以在海上流蕩
也可以到岸上休息
　那最孤獨的一片海浪
在海邊靜靜的不動了

那獨木舟
只閃動著樹骨的磷光

——原載一九九八年五月二十三日《聯合報》副刊

迷你豬

在黑頁岩與黑夜之間
黎明之前，崖壁之下
牠用帶著曙色的獠牙
撬開黑夜與黑頁岩的重量
曙色從那縫隙乍現
牠的獠牙觸及黎明前緣
觸及白及曙色的海浪

迷你豬
這地球上單純的一團黑色素
一隻雄黑活化石

天亮時牠仍然飢餓
在海邊挖掘礁岩
用牠不屈
有著年輪硬繭的鼻唇
和白珊瑚同時茁長的獠牙
掘開死珊瑚肚腹

迷你豬
和白浪對峙
相互吻觸即刻分開
日夜剛在此道別
迷你豬
悻悻離開海岸了
百分之百黑色體毛
還沾著浪花泡沫
在陽光下迅速凝結爲鹽末

爲何黑的如此徹底
連黑夜都難於拒絕或包容
牠在黑夜的心裡走過
一種穩定和一種不安
似乎是黑夜的使者
因爲忘了時間而留在白晝
迷你豬
傻傻的走在蘭嶼部落的巷弄

以爲被聰明開墾很久
其實還留一大片貧瘠的人類
發現純種迷你豬內臟細胞組織
極適合於人體移植以後
彷彿看見一大群迷你豬
用燃燒著仇恨的眥眼
用牠們的鼻唇向天嘲諷
三十年前那群自由主義的獸醫

用文明與自信的傲慢
交配或強姦善良與健康
基因變解，密碼失連
百分之九十九牠們已變種
失去了黑夜授於牠們的貞操
約克夏與藍多斯精血
在牠們純黑體毛上露出白和紅
那不是曙色，是一種失望的黃昏
使牠們尷尬的搖擺著臂部
逐漸走向柵欄

——原載一九九八年九月二十六日《聯合報》副刊

祝禱詞

是誰在什麼時候關上前門
使他們齊聲向教堂呼喚
「阿門」，「阿，門」
他們從窗口看見海洋
看見獨木舟身上的圖騰

他獨自走出教堂忘了告解
或許那不是他眞正告解的窗口
他面對一棵欖仁舅樹
向著樹祝禱：
「我要砍你，請你倒在最好的位置上
我工作很快完畢會拿豐富的豬羊水
芋來供奉你」

禱詞從土地深處，經過樹的心裡
以年輪的形識向上旋轉
樹落下一片最大的葉子
葉尖點地向土地告解
同意他砍去刨製獨木舟

他和獨木舟面對海洋，準備初次下水
向著海洋祝禱：
「我的孩子帶著血的手指點你我們的
海邊願這是你的也是我的是我祖父
的也是我祖先的海邊永遠指點你」

禱詞從海浪的齒縫間溢出
海以最深的眼神，最深的藍色
歡迎他和獨木舟下海
表示獨木舟行走在海上
是對海的一種撫摩
從海的身體拿走疲勞
拿走勞動的代價

他在海上看見飛魚，向著飛魚祝禱；
「我招喊你們在外海南方的飛魚盼望
你們像射出的弓箭那麼快回來飛魚
啊……快回來吧我用血來指點你願
你乖乖飛到我船邊如果你們看見火
把亮光就飛過來我用銀帽黃金指點
你們你們一定很喜歡……」

禱詞從月光下的火把間流出
飛魚以最美的姿勢向火光飛越
水滴在月光和火光下表示
他可以捕捉飛魚，以火的陷阱

——原載二〇〇〇年一月一日《台灣日報》副刊

羅智成作品

羅智成

湖南安鄉人，1955年生。台灣大學哲學系畢業，美國威斯康辛大學東亞所碩士、博士班肄業。歷任《人間副刊》編輯、撰述委員，《中時晚報》副總編輯、《TO'GO旅遊情報》雜誌發行人等。現為閱讀地球文化負責人、東華大學駐校作家。屬橫跨各式媒體，「難以歸類」的多面向創作者。著有詩集《光之書》、《傾斜之書》、《擲地無聲書》、《黑色鑲金》、《夢中書店》、《泥炭紀》等。

颱風（之一）

颱風來造訪
某人內心之中的舊識。
當庭院中一棵不存在的果樹或
水壩上游十萬畝相思
被用力搖晃
綠色的汁液橫流於
擋風玻璃與多年以後某畫家
狂亂的畫風
神祕的電台占領了收音機
廣播著不祥的氣息
而泥黃的山洪
疾行於每條
洗碗槽的排水管下……

我開窗，逆風的視線
吃力追趕那片朝遠方裂去的天空

我的思想紋風不動
只有滿頭亂髮振筆疾書。

——一九九二年九月二十九日·選自聯合文學版《夢中書房》

颱風（之二）

颱風來造訪
某人內心之中的舊識。
並沿著赤道
一路修剪他散置在
南太平洋上的盆栽。
偶爾調整一下它們的經緯度。

當他抵達機場的時候

所有旅客已因班機停飛而離去
只賸半暗的廳堂，受了潮的冷清以及
一個打算搭乘颱風離去的
滯留許久的想法——
當他以攝人心魄的危機欺身向你
你驀地欣喜
像一個背叛親友去裏通了巨大災難的
末世孩童。

——一九九二年九月二十九日．選自聯合文學版《夢中書房》

93 霪雨：致永不消逝的「最後讀者」

這一次的春雨
開啓了兩萬年後達於全盛的冰河期
但沒人注意到。
只有我和兩天後
在潮溼的露店讀到這首詩的讀者甲例外。
我們擔心這個城市還來不及
揮霍它文明的巔峰
就已陷進深睡不醒的雪季
而整個亞熱帶的風景與垃圾
將成爲下一個文明的石油與煤礦……
而在下一個文明之前很早很早的
這天下午
我和還沒有讀到這首詩的讀者甲
爲躲雨而走進這家以蕭索的人文精神著稱
　的酒館
腋下夾著來不及撐開的傘和一份
永遠擔心經濟不景氣的報紙
神情一如
淋得濕透的旗幟。

旗幟興風是爲了作浪
爲了撐起一片視野，被吹折也在所不惜
濕透的旗幟則整面糾黏在一起
像窩藏了一個標誌
或思想
或惡意
混跡於這個介於二十世紀末期和十九世紀
　末期
或上個冰河期與下個冰河期之間的
險惡環境裡。
我們，我和讀者甲，我們彼此之間的疏離
在於
我們並不曉得我們始終並肩列席
並在枯澀的眼底蘊藏著對彼此的期待
兩天後讀者甲在潮濕的露店
讀到這首詩，並短暫
被其中的訊息吸引
但他一直不知道作者甲曾和他相遇
在文明的每個險惡的時辰裡……

——一九九三年六月二十日・選自聯合文學版《夢中書房》

夢中書店

我們最敬畏、最著迷的叢林
正是那家書店。

在沒落社區一個
屢被郵差錯過的門牌裡
幾百里長的各式書架以及
石鋪、鑲木以及
泥濘的甬道
壅塞、盤據
把知識延伸到
店裡一些最沒接上電力的地方：

佈滿蛛網、迷瘴、
老鼠與蠹蟲的廳房、下水道、
水深及膝的地毯和
永遠失落了鑰匙的密室……

而高達數十層的書架、架上的巨型標本
殘破的旗幟、族徽、
封死的軒窗、失憶的抽屜
便一窟又一窟地向我們展示
人類心智猙獰的原貌……

沒有人，包括第三代店員八十九歲的ㄌ先
生，
沒有人知道書店的實際規模——
包括去年爲了追捕一本風漬書而
永遠沉淪於文字流沙中的文學教授、
多年以後突然從壁畫中破牆逃回的書評家
以及緊咬著他後領的新品種蝙蝠……

眞的，即使緊守著乙區東側的書庫——
以傳記文學和寓言爲主的灌木叢——
我們偶爾也會碰上一些
迷途者的骸骨……

我們最著迷的迷宮
就是那家書店了！
在變動不安的整整一個世代
我們幾乎是含著淚傳頌
那座不移動、不融化也不現形的冰山
而閱讀
讀那些冷僻、艱深的心靈——
以及持續不懈的幻想
就是我們青澀的教派每天的儀式……
像隻深藏不露的巨獸
書店以不起眼的門面對外經營
在重重書架後頭

它卻兀自生長
以一種初生星球的能量、暴力
和不可思議的可能性……

向晚時
我們總聽見近處、遠方
各種支架鬆動、潛行躡行的聲響
或土著在斷簡殘篇中搬桌動椅……
對此我早已見怪不怪
我踮腳取下一本殷代出版的植物誌
水聲從架上空出的縫隙傳來
我專心翻閱
端坐如晷
渺小如蟻
然後換另一本書
好奇索讀
直到知識打烊……

——一九九四年六月十二日・選自聯合文學版《夢中書房》

夢中飛行

在夢中飛行時
你才會短暫記起
這遺忘許久的天賦

當乾淨、冰涼的空氣
以等速迎向你的兩頰
你在極北荒原與起伏被窩之間的
上空
找到你在生命此刻的位置

那是一個幾乎被巨大的比例尺
或宏觀的經緯度抵銷掉的
孤獨感

一部分來自集體潛意識
一部分來自於
被剝奪掉種種能力與夢想權利的
退化物種的
負疚……
會飛，和，不會飛
造成的世界觀是多麼不同啊：
沿著地球曲面翱翔
使我們迅速目擊周圍環境的龐然
這是有別於走獸們遲緩的知識的
但再快的速度
也無法把我們帶出夢境的出海口
再高的眼界
也無法讓我們遁逃出
被釘死於二度空間的卑微宿命

在夢中飛行時
我們才會更深層地認識自己
藉由被生命本質的地形地貌
所震懾、挫敗的
驕傲
我們才會明白我們每個人
原本都隱藏著一個更高的
來歷

——一九九八年十二月．選自聯合文學版《夢中書房》

夢中拖鞋

穿上它時
像裸身從冰冽的湖水中
游進天鵝絨的被窩裡
像鑽石回到首飾盒
砂堡回到漲潮的海中

秘密回到它的容器裡

但是我沒穿過它
只是虔誠地把它停靠床前
當我睡著時
它代替我下床、喝水、上廁所
等待妳的到來

只要你來
穿上拖鞋
輕盈地在地板上滑行
我們彷彿就找到了最親密、舒適的
相處模式
像鑽石回到首飾盒
砂堡回到漲潮的海中
秘密回到它的容器裡

它是我們永遠接通著的話機
當我們厭倦於甜言蜜語
它
更像是我們共有的器官
因獨立於我們體外
讓世界
得以美滿地
在我們體內進行

——一九九九年四月四日・選自聯合文學版《夢中書房》

鎮魂

他們以重機械徹夜在外頭切割巨廈
你徹夜被騷擾，卻始終沒有醒來。
十層樓的破碎迷宮把你困在噩夢的夾層裡
或者，你被牆上的相框壓成最後一張照片

或者，你被缺乏鐵質的大樓吞嚥，成爲它
糾纏的管線裡淤塞的血水
所有的可能都已腐臭、發脹
不再可能……
被挖掘開的馬賽克浴室，四處是你過期的
呼吸
被折疊起來的挑高客廳
縮得小小的那聲尖叫還在瓦礫中戰慄
在挖掘不出來的驚懼裡
翻倒的美景則緊摟著你孤單的屍骸，
也許還有一個永被深埋的想法……
□□□、□□□、□□□、□□□、
□□□、□□□、□□□、□□□……
死亡已經治癒你們的傷痛與恐懼了嗎？
我們不然，
整個島嶼還在收縮、抽痛、胡言亂語

生命總一次又一次叫我們面面相覷：
我們只是薄膚恆溫的凡人
怎會遇上只有地球足以承擔的變動與損
傷？
我們只是偶爾自大的脆弱生靈
爲何要經歷萬噸建材與憂傷的折難？
你們看，
整個島嶼在抽痛、蜷曲
在傳遞、播報、哀悼、喧嘩與聚集
其力量宛如一個宗教的誕生……
但不盡然
那只是種種美好的想像
對一個規模七·三強震的無謂抵抗
規模七·三的強震重新躺回斷層
整個島嶼在香煙裊繞的晨曦中
繼續喧嘩、哀悼與聚集

□□□、□□□、□□□、□□□、
□□□、□□□、□□□、□□□……
死亡已經治癒你們的傷痛與恐懼了嗎？
我們不然，
我們正慌亂地用重機械把
崩塌的視線吊走
把沉重的記憶切開
切割成比較容易消化與忘記的小塊
我們在廢墟中喧嘩、哀悼與聚集
這一切只是爲了治癒我們自己。

——一九九九年九月二十八日·選自聯合文學版《夢中書房》

向陽作品

向　陽

本名林淇瀁，台灣南投人，1955年生。文化大學新聞碩士，政治大學新聞博士，曾任自立報系副刊主編、總編輯、總主筆、副社長，現任吳三連台灣史料基金會秘書長。著有詩集《向陽台語詩選》、《向陽詩選》等，評論集《書寫與拼圖：台灣文學傳播現象研究》、《喧嘩、吟哦與歎息：台灣文學散論》等。曾獲吳濁流新詩獎、國家文藝獎、愛荷華大學榮譽作家、玉山文學獎文學貢獻獎。

一首被撕裂的詩

一六五四年掉在揚州、嘉定
漢人的頭，直到一九一一年
滿清末帝也沒有向他們道歉

夜空把□□□□□□
黑是此際□□□□□
星星也□□□□□
由著風□□□□□□□
黎明□□□

□夕陽□□□□
□□唯一□□□
□遮住了□□
□雨敲打□□□□
的大□

□帶上床了
□□的聲音
□□眼睛
□□尚未到來
門

一九四七年響遍台灣的槍聲
直到一九八九年春
還做著噩夢

附註：

本詩發表後，曾引起詩壇友人同感，先後有康原〈一首填空的詩〉（一九八九年三月二十五日）、蕭蕭〈一首被□□的詩〉（一九八九年三月二十七日）發表於自立副刊。一九九八年七月，作者再將其以「網路詩」的形式重新創作，貼於「台灣網路詩實驗室」網站，又受到網路文學界注目，先後有李順興與須文蔚撰文討論。

——一九八九年三月．選自洪範版《向陽詩選》

野百合靜靜地開

——寫給參加三月學運的台灣青年

野百合靜靜地
靜靜地開　在群山聯手環抱的谷地中
野百合憤怒地
憤怒地開　在每一顆心都已沸騰的廣場上

母親　多少年了
你隱忍在皺紋下的憤怒　我不知不覺
在這片生我長我的土地上
山哀傷河哀傷　田園也哀傷
母親　多少年了
你眼梢噙住的愛　我若知若覺
在這塊教我育我的廣場上
日飛揚月飛揚　天空也飛揚

曾經我恥笑你的口齒
如今我的舌　鮭魚一般向你的唇反溯
曾經我厭煩你的土氣
如今我的心　土地一樣接受你的滌洗

你的愛曾是我的憤怒
你的濁水淆混了我夢中的黃河
我的憤怒卻是你的愛
我的百合生長自你綿延的山脈

母親　現在我坐在這裡
坐在你雙眼可以顧及的搖籃裡
母親　現在我坐在這裡
坐在你雙耳可以傾聽的風聲裡

母親　你的憤怒　我的臍帶
坐在這裡　我才目睹台灣的傷懷
母親　你的摯愛　我的胸臆
坐在這裡　我才聽見祖先的嘆息

母親　我躺在這裡
躺在你俯首垂肩的懷抱裡
母親　我躺在這裡
躺在你額紋深陷的臉顏上

如果我的堅持　母親
如果我的堅持　是母親你的憂煩
躺在這裡　我才又回到你的身畔
如果我的啜泣　母親
如果我的啜泣　是母親你的沉哀
躺在這裡　我才重生爲你的嬰孩

野百合憤怒地
憤怒地開　在台灣每一寸土地上
野百合靜靜地
靜靜地開　在母親搏動的胸膛上

——一九九〇年三月·選自洪範版《向陽詩選》

發現□□

□□被發現
在一九二〇年出版的
多份發黃而枯裂的新聞紙上

在歷史嘲弄的唇邊
□□業已湮滅
啄木鳥也啄不出什麼
□□之中
空空　洞洞

在她飄移的裙緣
□□靜候填充
駭浪怒潮左右窺伺
□□　□□
懵懵　懂懂

在有限的四方框內
空空洞洞的　□□
□□　葡萄牙水手叫她Formosa
□□　荷蘭賜她Zeelandia之名
□□　鄭成功填入明都平安
□□　大清在其上設府而隸福建
□□　棄民在此成立民主國
□□　日本種入大和魂
□□　現在據說是中國不可分割的一部分

在無數的符號之中
懵懵　懂懂的　□□
什麼都是的□□
什麼都不是的□□

猶似紅檜，在濃濃霧中
找不到踏腳的土地
所有的鳥競相插上羽翅
所有的獸爭逐彼此足跡
發現□□成爲一種趣味
尋找□□變做閒來無事的遊戲

□□被複製
在一九九一年冬付梓的
以及部份被付之一炬的
選舉公報中
□□被發現
在□□圍起來的□□中
在空洞的□□裡

□□以□□爲名
終至於連□□也找不到了

——一九九二年三月一日南松山

咬舌詩

這是一個怎麼樣的年代？怎麼樣的一個年代？
這是啥麼款的一個世界？一個啥麼款的世界？
黃昏在昏黃的陽光下無代誌罔掠目蝨相咬，
城市在星星還沒出現前已經目睭花花，鉋仔看做菜瓜，
平凡的我們不知欲變啥麼蛇，創啥麼碗粿？
孤孤單單。做牛就愛拖，啊，做人就愛磨。

拖拖拖，磨磨磨
拖拖磨磨，有拖就有磨。
這是一個喧嘩而孤獨的年代，一人一家代，公媽隨人差的世界。
你有你的大小號，我有我的長短調，
有人愛歕Do Re Mi，有人愛唱歌仔戲，
亦有人愛聽莫札特、杜布西，猶有彼個落

落長的柴可夫斯基。
吃不盡漢堡牛排豬腳雞腿鴨賞、以及
　SaSiMi，
喝不完可樂咖啡紅茶綠茶烏龍、還有嗨頭
　仔白蘭地威士忌，
唉，這樣一個喧嘩而孤獨的年代，
搞不清楚我的白天比你的黑夜光明還是你
　的黑夜比我的白天美麗？

拖拖拖，磨磨磨，
拖拖磨磨，有拖就有磨。
這是一個快樂與悲哀同在的年代，七月半
　鴨不知死活的世界。
你醉你的紙醉，我迷我的金迷，你搔你的
　搔擾，我搞我的高潮，
庄腳愛簽六合彩，都市就來博職業棒賽，
母仔揣牛郎公仔揣幼齒，縱貫路邊檳榔西
　施滿滿是。
我得意地飆，飆不完飆車飆舞飆股票，外
　加公共工程十八標，
你快樂地盜，盜不盡盜山盜林盜國土，還
　有各地垃圾隨便倒，
唉，這樣一個快樂與悲哀同在的年代，
分不出來我的快樂比你的悲哀悲哀還是你
　的悲哀比我的快樂快樂？

快快樂樂。做牛就愛拖，啊，做人就愛
　磨。
平凡的我們不知欲變啥麼蛯，創啥麼碗
　粿？
城市在星星還沒出現前已經目睭花花，匏
　仔看做菜瓜，
黃昏在昏黃的陽光下無代誌罔掠目蝨相
　咬，

這是啥麼款的一個世界？一個啥麼款的世
　界？
這是一個怎麼樣的年代？怎麼樣的一個年
　代？

附註：

本詩名曰「咬舌詩」，取其繞舌打結之意。國台語並用，明體字為國語，楷體字為台語。

——一九九六年八月台北．選自洪範版《向陽詩選》

黑暗沉落下來

黑暗沉落下來
在台灣的心臟地帶
黑暗沉落下來
於我們憂傷的胸懷
黑暗沉落下來
當屋瓦牆垣找不到棲腳的所在
黑暗沉落下來
我的同胞陷身斷裂的生死之崖

在蝴蝶飛舞花香的鄉野
黑暗沉落下來
在小鳥啁啾南風的山谷
黑暗沉落下來
在煦和的燈前，在晚安的唇間
黑暗沉落下來
在鄉甜的夢裡，在舒坦的床上
黑暗沉落下來

黑暗，未經允許，重重沉落下來
撕開平野，撕開山丘，撕開我們牽手相攜
　的路
撕開我們，交頭許諾永不分開的愛

黑暗，毫不知會，黑壓壓沉落下來
壓垮房舍，壓垮屋壁，壓垮我們用心維護
的家宅
壓垮我們，闔眼許願美麗的未來
黑暗，碎瓦紛飛，沉落下來
黑暗，亂石堆疊，沉落下來

黑暗，沉落，下來
我心戚戚，祈求世紀末的悲劇速去
黑暗，沉落，下來
我心寂寂，冀望美麗島的裂傷早癒
黑暗沉落下來
我心憂憂，願冤死的魂魄永得居所
黑暗沉落下來
我心葛葛，盼倖存的生者堅強走過

——原載一九九九年九月二十二日《自由時報》副刊

我的姓氏

0. A-Wu

一六二四年吧
我，A-Wu誕生
在Tayovan的廣闊平野上
麋鹿成群，野草高聳
迷路的童年，我走入群山
下探擁抱著美麗海灣的岬岸
奇異的帆船、紅髮藍眼的兵士
托槍，魚貫走上岸來
我，A-Wu冥冥中感覺
命運即將擺弄我，以及我的族人
爲這群陌生的侵入者

飼養麋鹿　剝製鹿皮
直到我們力盡精疲

十二歲時，我與同齡的族人開始接受
這群來自遙遠的外海的侵入者
教育。學習羅馬字，學習諾亞方舟的故事
上教堂禮拜，哈里路亞
慢慢忘掉我舌頭熟悉的濁音
學習新的書寫，我叫
Siraya

1　阿宇

一六六二年吧，我三十八歲
麋鹿已然稀少，冬風吹過龜裂的土地
一如我長年種作的雙手
龜裂的還有田野、河川
風中瑟縮著頭子的
是我營養不夠的牽手

同樣在童年曾經迷路的山道上
我俯望Tayovan的港岸
旌旗飄揚，照耀港岸的落日
身穿鐵鎧鐵甲的兵士整隊上岸
我，Siraya，已經可以預見
不同的時代，同樣的命運
即將降臨

旌旗飄揚，飄在驚奇的族人面前
他們自稱爲「漢人」，說著我不懂的話
我是Siraya，他們說我是「西拉雅」
連同我的名字A-Wu，也被更改
以著奇異的書寫，在我眼前耀武揚威
：阿宇

我不知道這是不是我?阿宇
它被書寫在番契上
因爲它的出現
我耕種的土地,我童年的記憶
都紙一樣被撕掉了

這是我嗎?阿宇
阿宇的牽手這年也回去見阿立祖了

2 潘亞宇

一六八四年吧,年輕的A-Wu睡著了
睡在迷路的山中,不再回來
睡在麋鹿的皮下,不再出現
而我,六十歲的老人
拼命找他
A-Wu! A-Wu! A-Wu! A-Wu!
直到屋外有人呼叫「潘亞宇」爲止

潘亞宇,就是我嗎,穿著漢人衣飾的
我,就是潘亞宇吧,這是康熙二十三年
我已習慣使用河洛話,使用字典
潘,是皇帝所賜的
榮寵,頭上的稀疏的髮辮
旌旗一般,召喚著壯年時代我的驚奇

我是,潘亞宇
童年的我,叫A-Wu
壯年時,叫阿宇
想了六十個年頭
終於搞得一清二楚
在油燈點亮的夜裡

3 潘公亞宇

這是我嗎?

潘公亞宇。這幅精緻的碳筆畫像
掛在焚香的廳堂牆上
彷彿我壯年時代看到的奪我土地的漢人
唐山裝扮，頭上帶著絨帽
眼光炯炯，白色的鬍鬚宛然冬天的干芒
飄動的
這樣栩栩如生的漢人的容貌啊

叫我即使在離開Tayovan
三百多年後的今日都還害怕驚懼
這是我嗎？潘公亞宇
之靈位。香火嬝繞，一塊木牌
臨著的是潘媽劉氏，之靈位
流逝的歲月，從一六二四年開始
這是當年的A-Wu和他的牽手嗎

潘公亞宇，祖籍河南，來台開基祖
罪過啊，我A-Wu居然取代了阿立祖
在這逐漸昏黃的公媽廳中
接受看來是我子孫
卻又不是的漢人膜拜

他們依序上香
年老的潘亞宇用著我聽不懂的日本話
中年的阿宇用著我聽不懂的中國話
年輕的A-Wu用著我聽不懂的番仔話
他們，依序，上香，沒有一個人
使用我們Tayovan，三百年來我連夢中也
　沒忘掉過的
熟悉的濁音

這是我嗎，潘公亞宇
這是我的子孫嗎，潘公亞宇之十六代孫、
　十七代孫

一九九八年吧
我彷彿又被拉回十二歲時成群的麋鹿中
迷失了回家的路途
野草高聳，姓氏不明

——原載一九九九年二月一日《中外文學》「分歧的意識」專輯

山路

在風中穿過箭竹草原
在風中穿過冷杉林
只有斷嶺殘山從雲霧中探出
與我們驚喜相覷
一路相陪是玉山圓柏與杜鵑
開在裸岩走過的盡處
陽光潛入細碎的林葉間
藍色的天俯視大水窟、大關山和馬博拉斯
桀驁不馴的脊背

這山路，在群峰中尋覓傲骨
這山路，在群峰中望向高處
酒紅朱雀拍擊薄雪草的翅身
蒼綠挺拔，是二葉松擎起整座天空
遠處有瀑水爲鍊，輝耀山的胸膛
欲離還留的雲霧
以一襲薄紗勾引暗戀的山巒
山路來到此處
濁水、高屏和秀姑巒都找到了源頭
海峽在左，大洋在右
台灣從海上升起在玉山之顚放歌

——二〇〇一年十二月

戰歌

是誰在白天唱歌

唱激進高亢的戰歌
鼓聲擂動咬住雲霄的高樓
從湛藍空中轟隆直落
擊出閃亮、光燦與花火
繪搏動的胸膛以玫瑰之血色
焚驚呼的眼睛以淚水之乾澀
挾持烏煙、陰寒與灰濁
自亮麗天際，雪崩連恨帶仇
正使盡全力清洗掩面的街頭

砲火在遠方爆笑生命無常
彈雨於瓦上彈奏安魂樂章
槍，扛起士兵威武的肩膀
血，翻耕農人荒廢的土壤
貧瘠的國度響遍加農砲的歡唱
飢餓的流民飽餐塵與沙的饗宴
喜樂來自永遠懷抱希望

有人在廢墟前低聲吟唱
戰爭總會結束於死亡
和平也終必因夜色掩至而降

——原載二〇〇一年十二月十六日《自由時報》副刊

沈志方作品

沈志方

浙江餘姚人，1955年生，東海大學中文系、所畢業。曾任《遠太人》月刊總編輯。現任教於僑光技術學院企管系及東海大學中文系。著有詩集《書房夜戲》等。曾獲金筆獎現代詩首獎、東海創作比賽現代詩首獎、創世紀四十周年詩創作獎等。

李白VS.波斯灣

晚間新聞前我正鼓腹
剔牙，讀一二首你的代表作
與爾同銷萬古愁之類的
顯然不能讓什麼發生
或，不發生

布希與海珊這對絕配終於
開打後，太太下廚起鍋
加油，電視上咻咻四竄的流彈
與鍋中的爆米花此起彼落
居然隱隱合轍押韻
我扭頭大喊：再撒把鹽——
血，據說，鹹如鹽
鹹才夠味

呼兒將出換美酒
三歲半的幼兒被電視牢牢釘住
他喊萬歲！他以爲是聖戰士
無敵鐵金剛與霹靂貓聯合演出
我合上你的詩集，怕安史之亂
開打後，你忍不住就嘔出
滿地塊壘

絕配啊絕配這世界
玉米花跟著鹽巴
黑色的油跟著紅色的血
詩句的平仄跟著飛彈的咻咻跟著
孩子的萬歲，晚間新聞後跟著
緊跟著就是八點檔

雪珂啊雪珂你說，今夜

我該看病還是選擇錯綜連續的
愛？

——選自一九九一年爾雅版《書房夜戲》

近　來

思索過許多現實的奧義
近來，我常被風舉起
向遙遠的人生眺望

天地如壺，就更盡一杯吧
近來，我愈發悟出酒
與詩與政治與安非他命之不同
全在於毒性深淺而已

道在瓦稗屎溺
道在石油股票房地產立法院
近來，好多人被道整得好慘哪
卡在喉頭不能嚥
又咳不出的那口濃痰
人生最大的那個傷口
即道

多年無夢，近來
又頻頻復發，無非是麻辣
魔幻寫眞，無非是鼾聲隆隆
響自一肚皮潛意識的那端
無非是，咳，一尊尊英氣勃勃的
政治版銅像，對天空張嘴吶喊些
出口便成閃電的那類宣言——
然後一團鳥糞必適時如驚嘆號
啪！落在他們堅毅而迷人的嘴角
嗚哇——哈！哈哈哈！
我只好笑著把自己吵醒

並聞到好濃的口臭
「近來一切安好，」
給朋友的信如此結尾：
「但地球與道德仍很虛弱……」

——選自一九九一年爾雅版《書房夜戲》

〈隱題詩〉日本福岡太宰府中抽籤得小吉

日出東方。百年來
本本史書都有血水滲出
福與祿遂成一只破口袋老剩一丁點殘屑
岡田嚮導的影子縮在地上顯然是位務實派
太陽一照就再也不肯安分，我想問
宰割可以半個多世紀就成了進出？
府邸內的神祇照例笑，而不答
中國在昭和後仍有男兒到此療傷
抽籤祈福總比讀史——然後吃降血壓藥好
籤文又何嘗不是一只破口袋
得到的與漏掉的永遠不成比例
小小的我呵在風中茫然四顧
吉凶如府前長街將人潮洶湧吞，吐

——原載一九九三年四月十五日《創世紀》九十三期

想像

地震前，我們正在燈下談詩
思索結構與節奏的最終效果，談如何
構成聲音與光線的交感，如何追求
形式與內在秩序的調和，如何掌握想像
與聽覺的開啓及切斷……

瞬間，我們被拋擲到地球邊緣
聲與光轟然切斷後，想像驚恐的開啓：
想像一座座城市在黑暗中被地球吞噬
山脈奔逃，瀑布驟然停格
想像天地屏息惴惴顫抖
想像死亡

建築，是寫在土地上的詩
天亮後，我們被許多作品讀得心碎
想像黑暗中有多少聲音拔高後突然折斷
熟悉的形式與內在秩序瞬間崩塌
想像下一秒鐘被迫飛翔，還是永遠墜落？
想像成千上萬個傷口貼在瓦礫間微弱呼救
想像身體的哪一部分最先飄散
屍臭

地震後，我們困頓的在燈下
反覆聆聽一首披頭老歌取暖：
Imagine all the people
Nothing to kill or die for
Imagine all the people
Living life in peace
Imagine all the people
Sharing all the world

Imagine，啊，我們必須想像
想像所有龜裂的心已經修補
所有的蛋光澤圓滿，想像蚯蚓
鑽回泥土，水稻蔬果都安心生長
我們必須想像，黑道白道不再合力
偷新家園的工，減新台灣的料
高壓電塔與大小水庫依然穩如泰山
我們眞心，啊，眞心想像
這一切正如童話故事的結局那樣

——原載一九九九年十二月九日《中國時報》副刊

中華／人民／臺灣／國的元旦那天

當我穿越宏偉喧嘩的廣場時，百貨公司周
年慶的開幕樂曲正準備釋放一群脹痛的氣
球，與不甚甘願的鴿子，酥軟如蛋塔的曲
風突然令人想起，哎，好久沒唱國歌了

「三民主義，吾黨所宗……」一生中唱得
最多的那首歌，以莊嚴的近乎困窘的四分
之四拍子，陪我穿越莊嚴困窘的蔣氏父子
年代，「夙夜匪懈，主義是從……」之
後，轉眼就到了絕不一心一德的世紀末。
有人恨不得被人把頭摸得像一顆高爾夫
球，有人在夢裡拚命塗改民調數字，有人
一握住麥克風就忍不住用力呻吟

曾經滄海難爲水，所以囉除卻臺灣，不是
國。突然想起臺灣國的人想必不等於中國
人，那麼那麼，哎原來床前明月光／關關
雎鳩・在河之洲／豬八戒與孫悟空／令狐
沖與歐陽鋒／正氣歌與國旗歌，唉全是，
全是外國人寫的作品！原來劉關張是結拜
的外國兄弟！原來南京大屠殺慘死的數十
萬男女老少他奶奶的全是外國人！難怪呀
難怪每回讀政治版時，總會聞到不同濃度
的，口臭

「爲慶祝元旦暨本公司周年慶，各樓專櫃
一律五折酬賓……」中華民國八十八年元
旦，當我穿越百貨公司的廣場時突然想起
四十四歲的自己正是國家的五折品——好

一個五折品！我挺著微凸的小腹（想必裝
了一肚子幸福的脂肪與不甚幸福的塊
壘），在冉冉升空的繽紛氣球與鴿群中，
微笑，並以四分之四拍的步伐，離開……
……

——原載一九九九年六月《創世紀》一一九期

游喚作品

游　喚

本名游志誠。南投縣鹿谷鄉人，1956年生，高雄師範大學中文研究所碩士、東吳大學中文博士。曾任教於靜宜、成功大學，並曾應邀任美國田納西州立大學訪問教授（2002年），現任彰化師範大學國文系所教授。率先倡導「主體性詩學」批評方法。著有詩集《游喚詩稿甲集》、《慢跑》等，編著《現代名詩賞析》、《現代詩精讀》等，另有散文集、詩評集等著作多部。曾獲《中外文學》現代詩獎、中國時報文學獎等。

文學秋天遠

——地震詩

在動的時候我來指導妳寫詩
詩在動的時候我來指導妳不動
在下沉的時候我請妳讀詩
詩再下沉的時候我要求妳抓住
在倒塌毀滅的時候請妳學習意象
意象在亂的時候妳要關閉電源
文字都不動時請耐心等待未知的餘震

——原載一九九九年十一月二十四日《中華日報》副刊

一口箱子

最近有關於人之存在問題，乃導因於一口
箱子的出櫝。原本箱子是大家合力堆垛裝
釘而成，只可惜裝箱子的竟然不是箱子的
主人。這事很蹊蹺，完全導因於箱子無緣
無故之出櫝。箱子與人與人的箱子此一問
題一旦傳開
秋風不仁
春風有機會干卿底事
我們把箱子抬出，這事很像一套存在有無
之哲學。那口箱子的主人抱緊箱子而存
在，眾人便因那一樣之存在認眞讀起書
來：未署名，純粹打字，不需要一種美
學。一口箱子的出櫝，總算考倒我們最近
不太平靜的山舍。說是山舍。只因爲一口
箱子比做一座零亂八卦一般的山、丘陵、
小崗、陵谷、大石、墜落……
……。
一口箱子終於出櫝

這祕密決定了山舍永久之存在
乃是最近有關於人與箱子之關係，與存在
之美學，與山舍之狼而共舞至於共無之境
界。

——原載二○○二年一月五日《自由時報》副刊

寂靜的河堤

——散文詩草

移植不久的行道樹，因著選舉活動剛結束，不久，也結束了它的符號價值。河道整治時，野花忍了很久。野草苦了更久。還有更久的是泥土奮力尋找象徵的悲痛。霧退去，河的肚子露出來。狗尾草叢裡沙沙沙沙的律動，配合散步者的心聲，一路一路捱著迷茫的方向。河，沒有水，但奔放著水聲。散步者無心，只想著魚骨頭的姿勢。亮白石頭，撒滿河床，從霧退走的縫隙，亂石是霧的骨髓。

散步者猶踩著每天清晨的
寂寞
堤岸上不再有腳印爭吵
河的全部問題
在選舉結束後
只討論水聲
河聲已忘記

散步者捱著堤岸，遠遠看見一隻河鳥，久久未見的河邊守護者。他沒有叫她，只用手勢招了一招。一個快速而沒有聲音的動作，淹沒入河的心臟。散步者終於也走入最慢的一道霧流，消失在寂靜的河堤邊。

——原載二○○二年二月十七日《中國時報》副刊

磁片

插入風景插入山插入虛擬的水
插入顫抖的手與心相連與密碼
插入青春檔案老年資料夾空間

有	酒	聞	不	到
有	愛	摸	不	清
妳	的	住	址	啊
今	夜	太	薄	了
什	麼	都	沒	說
僅	僅	送	我	一
張	冷	冰	冰	的
密	碼	等	待	我
開	啓	妳	的	身
體	像	程	式	運
作	一	般	我	只
想	聽	妳	叫	爲
什	麼	爲	什	麼

——原載二〇〇二年三月《創世紀》一三〇期

望高寮

雨又下著下著，在分不清苔石路與雜草的方向之後。雨又下著。然而，我似乎看到下著的雨逐漸變形。一隻黑冠麻鷺兀立在遠處。

雨在牠的身上停住。停住。牠穿著自然的雨衣。牠什麼時候把雨帶走。帶走。牠一旦帶走雨，就連同我最後安排的蒙太奇也消失了。

一直登高。不能再登的這一刻。繼續再登。那是爲了滿足「高」的滋味。沒想到。雨下著下著。把望高寮的遠景遮住。只剩黑冠麻鷺身上的雨飛走。

雨又下著下著
雨在誰的身上停住
雨一直登高
那望不到的一點
雨變成一件簑衣
等待我把它穿上帶走

——原載二〇〇二年五月十三日《自由時報》副刊

第一聲蟬嘶

1

當第一聲蟬嘶叫響時，我正在洗碗。
水聲停止，又流回去了
今年的春雨還在釀造

2

友人一通電話剛講完不久，蜜汁滴下
越過春雨，某些事能如此不經意省略嗎

3

荔枝園竄出傍晚的第一聲蟬嘶
一堆的形容詞也跟著湧出
逸飛逸樂
逸軌逸氣
逸翮逸豫
逸禮逸響
友人的叮嚀最實在

4

荒野等待春雨，不來
友人盼望友人，無奈

山林引出嵐氣，潑墨
省略的省略，煙雲
雨化作第一聲蟬嘶飛去

——原載二〇〇二年六月《創世紀》一三一期

莫那能作品

莫那能

漢名為曾舜旺，原名為馬列亞弗斯·莫那能，台東縣達仁鄉排灣族人，1956年生。1978年開始罹患弱視，後來導致全盲，但堅持文學創作的他，把對族群的關懷之情，化成詩作，分享給週遭的人。曾服務於原住民族部落工作隊。著有詩集《美麗的稻穗》等。曾獲1989年「關懷台灣基金會」文化獎助。

百步蛇死了

百步蛇死了
裝在透明的大藥瓶裡
瓶邊立著「壯陽補腎」的字牌
逗引著在煙花巷口徘徊的男人

神話中的百步蛇死了
牠的蛋曾是排灣族人信奉的祖先
如今裝在透明的大藥瓶裡
成爲鼓動城市慾望的工具
當男人喝下藥酒
挺著虛壯的雄威探入巷內
站在綠燈戶門口迎接他的
竟是百步蛇的後裔
——一個排灣族的少女

——選自一九九八年晨星版《美麗的稻穗》

鐘聲響起時

——給受難的山地雛妓姊妹們

當老鴇打開營業燈吆喝的時候
我彷彿就聽見教堂的鐘聲
又在禮拜天的早上響起
純潔的陽光從北拉拉到南大武
撒滿了整個阿魯威部落

當客人發出滿足的呻吟後
我彿彿就聽見學校的鐘聲
又在全班一聲「謝謝老師」後響起
操場上的鞦韆和翹翹板
馬上被我們的笑聲佔滿
當教堂的鐘聲響起時

媽媽，妳知道嗎？
荷爾蒙的針頭提早結束了女兒的童年
當學校的鐘聲響起時
爸爸，你知道嗎？
保鑣的拳頭已經關閉了女兒的笑聲

再敲一次鐘吧，牧師
用您的禱告贖回失去童貞的靈魂
再敲一次鐘吧，老師
將笑聲釋放到自由的操場

當鐘聲再度響起時
爸爸、媽媽，你們知道嗎？
我好想好想
請你們把我再重生一次……

——選自一九九八年晨星版《美麗的稻穗》

歸來吧，莎烏米

檳榔樹的葉尖刺頂著圓月
明亮的光穿過了柴窗
照著準備上山的哥哥
照著屋角的背簍和彎刀

背上背簍喲
裝滿小米的種子和芋頭
束緊腰頭喲
繫上祖父遺傳下來的彎刀

上山去喲上山去
雞啼已在催促沈重的步履
早春，早春的空氣
像是剛從地窖起出的小米酒一般

那開封的清香和著情歌
在百蟲交鳴的山徑旁沿途伴我上山

上山去喲上山去
莎烏米啊莎烏米
唱著妹妹的名字
不論太陽在雲海裡經過幾次的升落
不論月亮在夜空中經過幾次的圓缺
我都不疲倦
莎烏米啊莎烏米
唱著妹妹的名字
我將芋頭一粒粒地埋在土層裡
將小米一把把地播撒在田間
興奮地等待未來的豐收

哥哥帶著彎刀和火種
翻過一山又一山
莎烏米啊莎烏米
一遍又一遍地唱著妳的名字
妳的名字喲是永遠的食糧
像土層裡的芋頭
像田間的小米
莎烏米啊莎烏米
哥哥帶著背簍和種子
翻過一山又一山
在夜梟咕嚕聲的引領下
探索古老的神話和傳說
隨著淙淙的泉水聲
思念離鄉多年的莎烏米

啊，被退伍金買走的姑娘
當妳想起山上的哥哥時
是否也一遍遍地唱著那首情歌：
　妳是誰呀妳是誰

站在高崗上對著我唱
妳的人兒妳的歌聲
漂亮得超過了彩虹
你是誰呀你是誰
站在高崗上對著我唱
你的人兒你的歌聲
雄壯得超過了瀑布

啊，哥哥的思念
被綿延無際的山嶺圍困
被此起彼落的泉聲纏繞
日復一日，一山又一山
通過了夏季的炎熱和暴風雨
黝黑的身體更加健壯了
厚實的手足也結滿了繭
終於，在秋蟬頌夏的歌聲中
芋頭已累累碩大

田間的小米也翻起了鼓鼓的金浪
歸來吧，莎烏米
讓我們一起合唱豐收的歡歌
歸來吧，莎烏米
讓我摘下一片亮綠的芋葉
盛滿晶瑩的露珠做聘禮
讓我釀一甕甜美的小米酒
用傳統的共飲杯和妳徹夜暢飲
莎烏米啊莎烏米
哥哥帶著彎弓和火種
懷著不滅的愛和希望
一山又一山地
一遍又一遍地唱著妳的名字
歸來吧歸來
歸到我們盛產小米和芋頭的家園吧！

——選自一九九八年晨星版《美麗的稻穗》

焦　桐作品

陳文發／攝影

焦　桐

本名葉振富。高雄市人，1956年生。曾任職於新聞媒體，現任教員，已出版著作包括詩集《蕨草》、《咆哮都市》、《失眠曲》、《完全壯陽食譜》，散文集《我邂逅了一條毛毛蟲》、《最後的圓舞場》、《在世界的邊緣》，論述《臺灣戰後初期的戲劇》、《臺灣文學的街頭運動：1977～世紀末》及童話《烏鴉鳳蝶阿青的旅程》等。

雙人床

夢那麼短
夜那麼長
我擁抱自己
練習親熱
好爲漫漫長夜培養足夠的勇氣
睡這張雙人床
總覺得好擠
寂寞佔用了太大的面積

——一九九三年·選自爾雅版《焦桐·世紀詩選》

軍中樂園守則

一、本園營業對象爲現役男性軍人，入場須出示軍人身分補給證。
二、開放時間：每日上午八時至下午八時，上午供軍官使用，下午供士官兵使用。
三、一律排隊購票入場。票價：軍官壹佰伍拾元，士官兵壹佰貳拾元。
四、入場券限當日有效。每張入場券使用時間：軍官限三十分鐘，士官兵限十五分鐘；假日尖峰時段一律限時五分鐘。
五、購票時即應指定房間號碼，入場後不得更改目標。
六、事畢後須立即退出。
七、未戴保險套禁止入內。
八、憑票根可至衛生營領取消炎藥兩顆。
九、本園每月初一、十五整修內部，公休兩天。

——一九九三年·選自爾雅版《焦桐·世紀詩選》

軍訓教官

軍訓教官立正
在校門口糾察風紀和思想
掛滿徽章的胸膛
是信仰的紋身
睡夢中也不隨便向左

大家齊步向右轉
在反攻反攻反攻大陸去的進行曲中
正步踢到銅像下的操場
向國父三鞠躬
向蔣總統三鞠躬
並背誦青年守則
奉行主義
效忠領袖
肅清靈魂深處的匪諜
以一生的貞操奉獻黨國

軍訓教官配備一整個背包的小過和申誡巡邏
望遠鏡的眼睛偵測
我伏案於高中時代的舊教室
堂堂正正的小平頭墮落課本裡
口水淹沒了公民與道德
後來軍訓教官駐紮在我的書包
研讀我愛情的啓蒙期
探照燈的眼光掃射
駱駝祥子的身影
拉著人力車躲躲藏藏

退休於反共抗俄的軍訓教官
長立歷史的天橋上打呵欠
目睹犯規的學生們

街頭音樂般
穿越交通輻輳的路口

——原載一九九六年一月《中外文學》二八四期

遠足

一切都在路途上流浪
汽笛離開港口
鐘聲離開教室
花穗離開鳳凰木
眼睛離開課本
皮鞋離開家

我故意迷路了
攜帶水壺和巧克力糖
離開我自己
走到世界的邊境

再回頭已不見同伴們的身影
那是一條遠得發亮的路
風離開群山
彩霞離開了天空

——一九九八年

過七賢三路

休假的美國大兵登陸第二號碼頭
就佔領了七賢三路
海灣飯店一夜間住進九艘巡洋艦
他們運來整船整船的軍需品
過期的盤尼西林
過剩的保險套
和第七艦隊那樣興風作浪的精液
一級戰備的陽具

陣亡時也要勃起

六〇年代的夏日在蟬嘶中升溫
貧窮的女人爲飢餓的政府賺外匯去了
發育中的孩子穿著美援麵粉袋縫製的內褲
湧進教堂領麵包

黃昏是威士忌和花露水布景的野戰場
輸精管比下水道忙碌
龜頭比彈頭更急躁
擁妓調笑的大兵扶醉擲酒瓶
引爆了痙攣的嬉戲
我少年時代的眼睛拍攝了這部越戰電影
蘇絲黃望著我又不斷離我遠去
藍調在家鄉的街道
演奏異國的風情

——原載一九九六年一月《中外文學》二八四期

允執厥中

【材料】

培根肉，蒜頭鹽，熱狗，紅櫻桃，生菜葉，辣椒粉。

【作法】

(1)培根肉汆燙，撈出，瀝乾。
(2)鋪展培根肉，灑上少許蒜頭鹽。
(3)每一片培根肉捲一根熱狗，捲成筒狀，插入牙籤固定。
(4)以錫箔紙墊底，烘烤八～十分鐘。
(5)上桌前，盤內先鋪生菜葉，再以紅櫻桃綴飾。

【注意】

壯陽菜容易引起消化問題，用量不可貪多，例如這道菜若超過用量，每隔五秒鐘會放一個長達七秒鐘的長屁。

【說明】

最巨大的性感，存在於準備之中；這道菜的準備過程，飽含雕塑精神。培根肉捲熱狗時，需特別注意地理方位——熱狗對準培根肉片中間，仔細捲起，校正。那根熱狗，尤其不能偏左；技術上不偏不倚，才能允執厥中，恰到好處，進而發揮至大至剛、至中至正的英雄精神。

這道菜首重精神層次，烹製時須不慌不忙，堅忍持重，壹志帥氣，專精專一……達到以長擊短的功效。兩種肉糾纏像兩性纏綣，兩性遭遇如兩軍對峙，世界中正學大師蔣公說，「一切動作之先，必求其定，再求其靜，然後能安」，行動之前，若能先定、靜、安，才能堅定不撼，外物不搖。

如果味覺竟沉沉睡去，
搖也搖不醒，如果舌頭
偏安一隅，請
重新雕塑我的味蕾，像
高溫雕塑熱油，
熱油雕塑氣味，
氣味雕塑肉慾，
愛情在一種肉慾中醒來——
被愛情烘烤的身體裡
住著一隻蝙蝠，

從洞穴深處張望
飛出，一群蝙蝠，
一群飢餓的蝙蝠
從壓抑的洞穴裡
大規模展開——

像風展開你
生活的肌理，
情感的辣椒粉，展開
包藏在裡面的
誓言。在嘴角與嘴唇之間
展開肉與肉的對話，
我的身體包裹著
另一具暖香的身體，
我的眼睛
定居著另一雙眼睛。

——一九九九年・選自時報版《完全壯陽食譜》

過馬六甲

貿易風總在睡夢前吹起
像突然的哭泣

我看見欽差正使總兵太監
在南中國海的煙霧中迷失了
我看見自己長跪在地板上
一代兩代三代這樣跪了無數代
叫所有娘惹和峇峇買票參觀
叫通事不能翻譯
叫故鄉來的眼睛同情我
來不及撤退的激情
這樣苦澀地用雙膝一再
改寫我們之間的歷史

征服者蘇丹
我自然是你俘虜的臘像
賞賜我相思般的形容
爲了你的驕傲
形塑我長跪
壓低著頭傾聽心跳
統治者蘇丹
別再垂憫我
請放逐我
無法自拔的奴僕

從帆檣的森林
放逐到三寶廟
放逐到華僑墳場
放逐到廢倉庫角落
放逐到汽水工廠邊緣
還是無法安頓那命運

那膝蓋陷得太深
已經僵硬於落腳了
我命運的主人
寶船像馬六甲河一樣疲倦於航行了
載著昨夜的眼淚和回憶漂流
擱淺在你的後花園

歲月像一隻受傷的蜥蜴潛行
旗幡依戀著貿易風

——二〇〇〇年

簡 捷作品

簡　捷

本名簡清淵。台灣屏東人，1956年生，國立台灣藝專美術科西畫組畢業。著有詩集《愛情草》，散文集《後現代絕症》、《陽光．鏡子．人》。曾獲中國時報文學獎新詩首獎、聯合報文學獎新詩第三名和散文第二名、教育部文藝創作獎詩歌類佳作等。

一首詩的誕生

微微光暈彷彿渲染向我
溫柔如水，又似酥酥烘火
感官裡視線迷路，影像中觸覺浮沈
我恍惚意識到龐碩黑暗
正一吋吋甦醒，時間疾速墜落
是脫軌迸射的星塵

光暉中有簇簇影像飛翔
揮舞的翅膀，引我猜想那是天使
他們曾經被刻畫在虔誠之內
由竹片到印成紙頁，經過油墨反光折射
而烙進我篤實信仰裡面
也許，那是程式遭受太多愛撫
以致興奮過度而模糊不清的屏幕

（可是，指令正確又查無病毒！）
或者，那是超音波掃描到的震動
胎兒在小小溫濕宇宙泅泳
試著用逐漸凝神的記憶
回想自己曾經矯健的身手

誰揮動魔杖，使精魂脫離肉身
意識遺棄了軀體？誰暗地裡鍵入背叛
用一個意念把日月光芒折彎
讓死亡波浪吞噬新航之船
誰切斷了電源，將我囚禁在寂寞深處
伸手，觸及千迴萬轉又井然有序的紋路
（沈睡的珊瑚，或記錄迷宮的歷史？）
要裸露著摸索多久，才能穿越混沌雲層
要傾斜多少角度，才能重新睜開塵封的眼睛
（而我究竟飄泊什麼方向？）是從起初就
冷卻的微塵，懸浮於寂寂時空邊緣？還是

肢節碎裂的昆蟲，被牢牢釘在標本盒間
是否有一組符號，可以讓我期待
時鐘永不停擺，狼牙棒擊中脈脈含情的
光纖，燧石箭射入纏綿悱惻的網絡
（如同我們習以爲常的篇篇神話）
是否有一組密碼，能夠激我渴望
片刻甦醒，像祈盼一個奧祕誕生
讓我清楚看見狂飆暴龍轟然倒下
始祖鳥倏地飛起，遍地開滿璀璨燈花

密碼！找到那組隱藏或者遺失了的密碼
我就能再度擦亮瞳眸，馳騁想像
變奏激盪耳道的第九交響曲
品味纏綿舌蕾的九層塔香
爆開鎖在浩瀚腦波中的奇蹟
甚至，以細胞基因複製另個靈魂

此時，我似乎聽見扣人心弦的
嬰兒哭啼。發自遙遠，悠揚而清新
正以驚心動魄的生命潮汐
漫過亙古不解謎團，向我渲染
此刻，我感到背部微微騷動
幼嫩如芽的翅羽正要破繭而出

——原載一九九七年十一月十八日《中國時報》副刊

致肉慾天使

鋪張圓柱的節日，禮儀起飛
天使，請從黑暗中起身
沙漠之風蕩開細膩的肌膚
帆檣引我登陸，曲線通向海口
希臘式緩緩下墜的湛藍
天使，請緊握上昇的秩序

跌進銀鷹飛翔的世紀，不朽之夢將從哪裡
　開始圍聚？
天地搖撼、傾覆、深葬；祈禱徜徉在覺醒
　與夢魘之間
再不能論證光明的高低、遠近，如茶杯泛
　起幾沫淡香

巨大的裸翅飛行，字母的斜塔
一次次延緩命運交織的爭論
肉身化雨覆蓋透明的心跡
被萌芽、光照、變綠
潛伏在生機勃勃的激情之中
天使，請不要放棄微光
我的日子被拯救、復活、生長，駐足裸露
　的形象身邊

不斷變形的黎明，思想隨時破碎一如鏽跡
　斑斑的天空
反射出隱藏的情感又經歷了一次次漫長地
　重聚、擊散

憂傷的星光伏在這個世界身上
即使靈秀轉身，也無法面對善惡
與黑夜同時下降的深度
煙霧中有我死灰的恍惚
唱首悲悽的情歌吧，天使

——原載二〇〇一年六月二十八日《聯合報》副刊

唯有懷疑是純粹永恆

如何進入事物本身，連影子也形成疑問
顯示唯有懷疑是純粹永恆
如果風雨不再來臨，城市不再牧養人群

我的靈魂將是一片空地，亂石叢生
尋求的話語漂蕩，注視更深邃祕密
時光滑落在蘆葦翻飛的夏日裡

願望中的星辰向夜晚屏息
雲朵沉沒映照出粲然裸體
這露水濡濕的詩句，如何成爲精神住所
潮汐若也病痛，只因念著夜間的重逢
她祕密起飛逃脫了我游移的視線
驚訝這追趕是那樣莫名地匆匆

燃燒著星球的名字：一朵渴望的火焰
被空無握住，另一個更宏偉的想念萌發
告別那首淙淙想像，歌唱沖出堤岸
如果我的果園棲滿烏鴉
即使無形的意念可以拭去
傷痛依然籠罩這張再生紙

山川沐浴三遍，還沒洗淨灰塵
建造者永恆的錯誤，本身還是自然
祈禱辭在空中化成了閃電
供獻沙土給迷失的神祇照鑒
我反覆、轉折，召集失散的詞彙
一次次重建城堡和聖殿

——原載二〇〇二年一月十六日《世界日報》副刊

林建隆作品

林建隆

台灣基隆人，1956年生。從小立志成為詩人，卻在二十三歲那年，被以「流氓」名義移送警備總部管訓，後轉送台北監獄。坐監期間在獄中宏德補校就讀，三年後假釋，被遣返警備總部繼續管訓，後在管訓隊考取東吳大學英文系，畢業後赴美取得密西根州立大學英美文學博士。1992年返回母校東吳大學任教迄今。已出版詩集《菅芒花的春天歌詩集》、《林建隆俳句集》、《動物新世紀》等八冊，另有《流氓教授》三部曲等長篇小說。曾獲陳秀喜詩獎、T. Otto Nall文學創作獎等。

黑面琵鷺的算盤

減去深秋
剩下暗紅
減去西太平洋
剩下島嶼的天空

減去護照
剩下面具
減去遮天巨網
剩下瘦小的身軀

減去鳥眼
剩下槍眼
減去骷髏總數
剩下兩百零幾隻

減去沙岸
剩下園區
減去冬至旅店
剩下煙囪的歷史

——一九九四年・選自前衛版《林建隆詩集》

生活俳句（選五）

秋月

空盪盪的球場
兩個籃框，一輪明月
從烏雲投出

彩雲

駛向西山

撞上落日
爆胎的雲的血跡

夜雨

夜空因何流淚？
只爲臉上
一道閃亮的疤痕

蛙

春雨的池塘
荷葉上端坐
一尊碧綠的佛

東京

帶父親到東京
讓他用最後一口痰
印證富士山的美

——一九九八年・選自探索版《生活俳句》

鐵窗的眼睛（選四）

71

鐵窗上已佈滿星子
獨不見下棋的
日與月

74

常爲幾粒星星所困
鐵窗啊！請多給我
一些日月

72

夜空是大海
鐵窗是竹筏

用食指垂釣星星

57

感謝鐵窗
我已學會欣賞
彩雲單純的結局

——一九九九年·選自月旦版《鐵窗的眼睛》

不一樣的父親

在這之前，您從未如此
訝異生命的奧祕
那天，您指著魚缸自言：
每一條金魚
都在重複其他的金魚
但沒有兩條金魚
是完全一樣的

翌日，您指著花瓶自語：
玫瑰就像金魚
每一片花瓣
都在重複其他的花瓣
但沒有兩片花瓣
是完全一樣的

在這之前，您從未如此
探究哲學或美學
是的！就像金魚和玫瑰
您也在重複其他的父親
但天底下沒有一個父親
和您是完全一樣的

——一九九九年八月八日·選自華成版《叛逆之舞》

玫瑰日記（選五）

30

花落了
我還在澆水
要逼出刺的口供

34

淚水是不夠的
解除玫瑰的武裝
必須用血

47

妳身上那些刺
我知道它們在想什麼
都想恢復蜜蜂的原形
隨妳一起離去

38

雙眼淌血了
不後悔連妳的刺
也一起欣賞

49

我問玫瑰：
「爲何妳還笑得出來？
妳不是每秒鐘都得忍受
身體的刺痛？」
玫瑰說：
「我在笑我身上的刺
它們每秒鐘都得忍受
我絕美的姿色」

——二〇〇一年・選自皇冠版《玫瑰日記》

劉克襄作品

劉克襄

台灣台中人，1957年生。長期從事自然觀察旅行、拍攝、繪畫、歷史旅行與舊路探勘，並有詩、散文、報導文學及長篇動物小說等文學創作。著有詩集《松鼠班比曹》、《漂鳥的故鄉》、《最美麗的時候》、《小鼯鼠的看法》等。曾獲中國時報新詩推薦獎、吳三連文藝獎等。

前往彭佳嶼

——自然旅行詩鈔(4)

中年時，生活的意義將身體的病痛
更加清楚，擴大
吾將如所有適合流放的愛爾蘭詩人
帶著藥瓶、鹽罐和酒甕等器皿
以及山藥、豌豆、洋蔥之類的旱地作物
獨自前往偏遠的小島

燈塔和海鷗的蒼茫
岩礁和山羊的孤寂
都會逐日演化成我生活內容的重要篇章
至於，歷史和政治的事務
不妨留給花生和地瓜
以及一個漫長的冬天
在貧瘠的沙岸艱苦地生長

吾的朋友，人生快活如是
假如信天翁不再回來
吾亦能滿足於
和一頭海牛的死亡
分享海岸的淒清和澎湃

——一九九六年

鐵道紀行

——自然觀察詩鈔(7)

在一個叫平遮那的小站下車
只剩一隻果子狸住在那裡
以及，草叢裡有松鼠啃咬過之果核

一邊吃著牠收藏的獼猴桃
分享著彼此的感傷
吾認眞地和牠閒聊了一個早上
傳遞山水的訊息
交換著成熟果實的經驗
還有煩惱著，在住家前
種一棵朴樹或是山櫻花好

而承受過度疲憊與荒涼後
當年的鐵軌繼續活著
以風藤爬上窗檯的姿勢和速度
在我的腦海裡延伸著無限的長度
廢棄的火車頭也依舊冒著濃煙
懸掛著一節節檜木的信念
蠕動於塔山
那是黑色的感傷
森林鐵道的年代

——一九九六年

檜木林之歌

最後，它們以各種孤高的姿勢
和天空一起
聳立在林海的上端

並且，隔著一個遙望的距離
在傾斜了的世界
保持相互扶持的關係

那時一切都成熟了
有幾百種綠色在林海下
起伏來去

蕨草攀附著它們的胸膛
探觸著陽光的方向
蘭花摟抱住它們的臂膀
綻露出森林的絢爛
山雲停靠在它們的肩胛
準備好清晨的飄泊
飛鳥也寄居於它們的髮梢
等候著明日的旅行

它們是群居的大象
透過生命的緩慢成長
以千年的漫漫
仰望著天空的深度和寬廣
仰望著它們的高聳

我們是害怕孤獨卻可能面對孤獨的旅人
在短暫的瞬間
不斷地測出自己的渺小

——一九九九年十一月十日·選自大田版《最美麗的時候》

黑面琵鷺

空曠意味著安全
遼闊包含了幸福

如此遙望時
在團體間
我們傳遞著
白色的溫煦
以及，摩挲著
一些
黑色的孤獨

我們是北方的森林
在南方的海岸棲息

——一九九九年十二月，選自大田版《最美麗的時候》

自然老師

終於我看到那束光，緩慢流進森林。如一條無聲的溪，離開瀑布。數億顆如孢子的塵埃飄浮其間，探索著，或者無意圖的漫出。

他們進入森林。有一個迷戀昆蟲的孩子，繼續和我討論植物。有一個喜愛跋山涉水的少年，將會走遍我去過的山巒。至於那文字如詩的女孩，一直沒有長大，還是我所鍾愛的十一歲的形容。

他們會遇見我的死亡，在不同的角落。也許如殘破的甲蟲殼，也可能是一株腐朽的枯木。

他們也會和我的出生不期然而遇，一種比嫩芽、小葉還更具體的存在的空氣。在孤獨的時候，和他們並坐。

他們繼續進入森林。在我如高齡海龜的軀體裡蠕動。煩我、困我、折磨我。一生都是我活著的問號和疑惑。

——二〇〇〇年十二月一日，選自大田版《最美麗的時候》

木瓜山奏鳴曲

清晨時，我的思戀如昨夜之山嵐，依舊繾

綣地瀰漫於木瓜山。在乾旱的草原，我摯愛的戀人，一個未來的哺乳類學者，自甜根子草間，露出小小的身子。那是我生命裡，最爲清晰而具體的背影。

我堅毅地佇立路邊，中年了，好像站在自然誌與台灣文學的交會口。但我更確信，自己守候在生命裡最知足的路段，縱使幸福將如甜根子草的稀疏和荒蕪。

我堅毅地佇著，繼續學習簡樸之理念。等待著她疲憊地回來，準備好好地擁抱那因工作而溼透的身子，讓她的汗水全然滲進我的衣服。然後，幫她拎笨重的鐵籠回家，心細地準備下一回實驗的材料。我還要輕輕地清洗她長了厚繭的腳拇趾，撫拭那經常刮傷的小腿。最後，溫柔地按摩，讓她安睡如早春的花蓮溪，並且依照著它的闃靜和綿長地蜿蜒，悄然地流向我們的海洋。

——二〇〇〇年五月二十九日·選自大田版《最美麗的時候》

磨豆機

春天時，磨豆機購置回來了。這情慾放縱的盒子，將會放在一處固定的窗口，適合在午後下雷雨時工作。

那時旁邊的山遠了，薄了，糊了；遠地的雲濃了，重了，近了。草原之上，唯一的，流動的背景，是我的愉悅和鵪鶉們的鑽動。

形式上，草原以翠綠鼓舞著騷動。咸豐草

搭配著紫花藿香薊，豐盛如一層灑在適才出爐的糕點上的香料，襯托著紋白蝶的翻飛，家燕的梭巡。這是窗口春天的放浪構圖。

我倒入了兩匙的曼特寧咖啡豆，清楚聆聽著。那傾倒的豆子瀉下時，總如春雷飽滿的轟隆聲；然後，我的愉悅，慢慢地被搖著。而磨豆的觸感，總讓我把自己也輾成粉墨，有一些還成爲隨時消去的淡煙。

至於，那聲音的無以名狀的磨擦，大概也是詩人夏宇喜歡的粗糙，糅合了邊緣和私祕的，屬於小木屋的本質心境。

儘管我已許久才想到這個北緯以北的詩人。她亦無從知道我的簡單的愛戀，但那蒼老而瘦弱的咖啡豆的碎裂聲音，幾乎是相同的。

因而，我相信，老了時，我們還會相遇。無多少話題，又分手。不意外地死亡。她的愛人們都像風乾了的鹹菜，長年浸在醬缸裡，晚餐時可以取出來佐料。而我的，就只背包那一個素描本上，最後一二句不完整的塗鴉。

——二〇〇一年三月二十九日花蓮

楊平作品

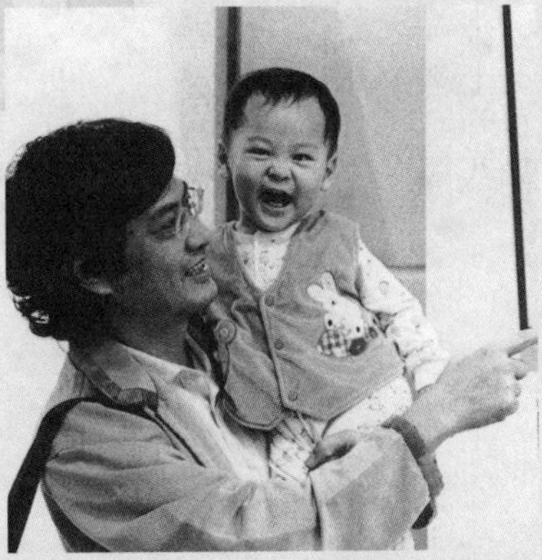

楊　平

本名楊濟平。河南人，1957年生於台灣台北。曾擔任《新陸》、《雙子星》主編，現為《創世紀》主編。著有詩集《空山靈雨》、《永遠的圖騰》、《藍色浮水印》、《雲遊四海》、《處境》等。曾獲國內外多項詩獎。

沒有一個生命真正死過

二十世前的你是一朵雲。
一株樹。
無數平凡人子中的一個。
證道以後
仍是芸芸眾生的一部分
觀照著天地、悲歡、你我
以及過往
以及，恆河岸邊的每一粒沙

沒有一個生命眞正死過：
萎謝的花，絕跡的獸
消失在地平線上的光
從蛹到蝶
有形的是軀體，剝落的是往事
輪轉的是一首永恆的慈悲之歌！
我見山、進山、出山
留下的足跡每一步都更接近空明！
風化前如此，禱告時如此，失落後如此；
——無論地球以怎樣的方式毀滅
沒有末日。

工作。信仰。作息。
直到停止呼吸——
我輕輕放下肩上包袱
合十一禮
開始面對另一段歷程

——原載一九九五年八月七日《聯合報》副刊

瓶中花

——有感

也許爲了一份失落的華麗
你綻放於紅塵之中
又超然於另一度時空之上
青春（有人在瞬間驚覺：）
也曾美到不可方物……

一縷幽香
恍若一串薄翼音符
輕輕滑過了窗檐
金陽如雨的漏下，往事
潮濕了心情
信手拈起一朵喟然
——忽已黃昏

——一九九七年一月二日

歷史無法紀錄寧靜

——奧修語

歷史無法紀錄寧靜
廢氣一再污染著雲空
金戈一再割裂著江山
英雄是一把刀
華美
而無情的滴下
千百萬人子之血
遮蔽日光的旗幟
也遮蔽著九天十地的心

歷史無法紀錄寧靜
閃電刺穿了雲朵
流星美得令人惘然
電話響了又響
慾望點燃著慾望
肉食性的我們
夢想不朽
卻總在瞬間墮入
焚燒的深淵

歷史無法紀錄寧靜
諸神不能不憤怒
老子不能不出關
耶穌不能不擁抱十字架
夏蟬不能不悲鳴
頭腦不能不激盪語言

歷史無法紀錄寧靜
彷彿彈指般短暫的生命
究竟需要什麼
嗜血的我們
激情以後
究竟又得到什麼

激情以前
一座山
渴望爆開
高熱的眩目之光
激情之後
濃濃的岩漿溶入大海
千百萬年的狂風吹過去
不論幾人選擇沉默
宇宙堅持沉默

大地臢下的
也祇有一朵花的清芬
一粒沙的智慧
一塊晶片的荒謬
儘管
渺小的我們、幼齒的人類
和人類歷史
什麼都寫
偏偏無法紀錄寧靜

後記：

奧修在傳述禪宗三祖僧璨的「信心銘」時，一開始便點出「歷史無法紀錄寧靜」，而一個人若變得很寧靜，他便會從歷史紀錄中消失，「不再是瘋狂的一部份」，僧璨如此，老子亦如此，幾乎所有悟道者莫不如此。

——原載二〇〇二年七月三十一日《台灣新聞報》副刊

張國治作品

張國治

福建金門人，1957年生，台灣師範大學美術學系畢業，美國密蘇里州聖路易市芳邦大學藝術碩士。曾主編《新陸現代詩誌》，現任國立台灣藝術大學視覺傳達設計學系專任副教授。亦兼任於該校造型藝術研究所。著有詩集《雪白的夜》、《憂鬱的極限》、《張國治短詩選》等；另有散文集、攝影作品集等著作多種。曾獲全國學生文學獎大專新詩組第一名、全國優秀青年詩人獎、教育部文藝創作獎新詩組第二名、中國文藝協會文藝獎章新詩創作類、師大現代文學獎新詩組第一名等。

一顆米如是說

1

我是一顆種子
在覆蓋著苦難的土地
犁鏟下翻過身子，使勁爆開
從上古穿過漫長五千年
從黑暗中還原成
最醇香最堅實的容顏

我是一株水稻
從萌芽到成熟
歷經風霜雨露及鹹鹹汗水
始終與勞動、疼惜鄉土的人們融爲一體
我有我的性格
鮮明的綠、燦爛的黃
折腰只爲了謙卑
枯萎只爲蘊含新機

一川稻谷，曼妙多姿
大地就是我舞蹈的舞臺
我們靜靜守望田園最後景觀
不改身世

2

我是一粒米
來自於蘊含我的大地
我始終有著
無比的赤誠
潔白晶瑩
始終居住在溫暖的泥土
我用我小小的沉默

洩漏這宇宙最微小的天機
我和我的族群
從上古起養育著所有勞動的人
不曾更改
任重道遠的使命
努力
完成最卑微也最莊嚴的命運
請不要輕賤我
世世代代
我將與你們和平共存

3

我是一粒米
請凝視我
質樸的內裡
木訥但充滿無窮希望
我是熱量
是最最原始材料
讓我為你提供最好能源
譜出豐碩的甜美的喜悅
當你饑腸轆轆
請靠近我、熱愛我
我將獻給你飽暖的生命力量
和生長契機
若你想品嚐我的溫度
請儲藏我
我將發酵陳釀我的芬香
若你嫌我醜
請在我白白的淨臉
上粧、配彩
我有無窮的可能

請以巧手開發
我將化身迷人的身段、面貌
我是源遠流長文化代言人
請切記祖先的叮嚀

4

我是一粒米
當你夾取木筷，在飯中翻攪
請讀一讀我的身世
當勞動的農人
以含淚的收割
抵不過股票指數上升
糧價低迷
那緊蹙的眉頭
化爲珍貴的淚滴
請珍惜我
當島上殖民文化入侵
西風東漸，雜糧緊隨進口
我們的族群無倉收容
請多悅納我，利用我
那從土地來的，
必將含著最豐盛生命力量
在你體內化爲永遠的熱能
而當一盞盞暈黃燈火亮起
在那暖暖燈火下
團團圍聚家的永恆景象
你將深記我
最亮麗的容顏

我是一粒米
請努力愛我
你將感到我
完整的愛

——原載一九九二年五月《新陸現代詩誌》第九期

遺書

——哀悼集集大地震受難死者

他們留下了生命的激情
給土石沖刷
他們留下了無名的憂傷
給溪流洗滌
他們留下空無的吶喊
給黑暗的山谷去迴盪
他們留下無依的夢
給山裡的白雲去飄浮

他們留下無數的記憶
給山裡的星辰去舖陳
他們留下黑暗的謎語
給山裡的晨光去叩醒
他們留下美麗青春的色彩
給山裡的花草去植被
他們留下純潔無邪的兒語
給山裡的鳥雀去歌唱
他們留下無盡的痛楚
給沙堆瓦礫掩埋
他們留下冰冷的恐懼
給黑暗的大衣披覆

他們留下孤獨的靈魂
給暗遊的螢火蟲去探路

他們留下無解的答案
向山裡白白的天
問

——原載一九九九年十一月十一日《聯合報》副刊

電子情人

——世紀末台灣打造的新世代愛情觀

你無時不刻
精確閱讀我情感的閃爍
你無地不在
追索我切片的心事
以及預告二十一世紀
我程式中心靈語彙的儲藏
並規劃私秘而安全的空間
讓我居住
你不斷的餵食我
以準點愛的程式、步驟
不斷觸診我

作爲你的情人
讓我的愛潛伏，還原
定格成爲你按圖索驥的紋身
我是用愛的能量充電
少而省，超薄、濃縮、微型
愛的液晶體
我是你豢養，豢養的
一隻電子寵物

——一九九九年五月四日·選自銀河版《張國治短詩選》

現代藝術系列（選二）

1 超現實主義（Surrealism）

撿拾夢的星光
把夢的無彩色
塗抹成有彩度的色相
把殘缺的肢體拼貼組構
把夢的語言翻譯出來
將夢的版權
長期讓予床出版

2 構成主義（constructivism）

人生無非就是那些圓圈圈
定律和所謂完滿的語彙？
以及方形的框架
或旋轉動勢空間的攀爬
律律線條的穿梭交織？
它具備無產階級意識
不識民族、傳統、人性
卻統御了全世界
一樣的視覺語言

——原載一九九八年十二月《創世紀》詩雜誌一一七期

路寒袖作品

路寒袖

本名王志誠。台中大甲人，1958年生，東吳大學中文系畢業。曾任教師、《中國時報》人間副刊撰述委員；現任《台灣日報》副總編輯兼藝文中心主任、文化總會副秘書長等職。著有詩集《春天的花蕊》、《我的父親是火車司機》、《路寒袖台語詩選》等，散文集《憂鬱三千公尺》、《歌聲戀情》，另有音樂出版等流行歌曲與選舉歌曲多種。曾獲金曲獎、賴和文學獎、中興文藝獎章新詩獎、中國文藝協會文藝獎章、金鼎獎推薦優良圖書出版獎等。

針

年輕守寡的祖母
終於找到生存的浮木
——一根細細的銀針
即使日子堅硬
黑夜厚厚一疊
穿著祖母淚腺的針
總在她的指頭
汲取潤滑的鮮血

五十年來
縫製了公務員的父親
又給我合身的一切
串連了勢利的親戚
讓他們春夏秋冬服服貼貼

祖母說，從微小的針孔睨過去
除了嫌隙
這世界依然別有天地

五十年來
那銀色的針耗盡
祖母秀麗的髮絲
如今，正沉存我的心底
每當仇恨戳穿寬容
它便繫著祖母的期許
殷勤爲我繡補
破了洞的人世敬意

——選自一九九七年元尊版《我的父親是火車司機》

衣櫃

比一甲子還老的衣櫃

是一座巍峨的黑巖
悄靜的聳立在無夢的天窗下
將祖母的一生鎮壓在我們王家

我打開衣櫃的門
鑲著明亮的鏡子
死了近六十年的祖父
站在裡邊
身穿風衣，戴著絨帽
他脫下那件祖傳的舊風衣
披到我身上

我搜索衣櫃
衣架上掛著祖母
二十歲、三十歲……
到八十歲的髮絲
我拿它們來牢綁家中的
每一根樑柱與椽楹

我拉出衣櫃的抽屜
左邊是日據
滿是整齊規矩的領帶
右邊是民國
一疊嚴重發霉的回憶
底下的，上了鎖
祖母說，鑰匙要重新打造

我關上衣櫃的門
祖父還在那裡
激動的指指他頭上那頂
從中國南京買回來的絨帽
我微微一笑
無意伸手去接

——選自一九九七年元尊版《我的父親是火車司機》

我的父親是火車司機

常常在夢中
我會突然驚覺
遠眺廣袤的原野
一列火車披著寒光
射向墨黑的鄉愁
我知道，父親
正在車頭
瞻望前方
護送每位旅客
駛過漫漫長夜

我的父親是火車司機
按照時刻進出季節
按照時刻家門離回

他的心
繫在車頭
適合撞破黑夜
他的作風
一如鐵軌
平直剛硬
足以負荷全世界

我的父親是火車司機
忠誠的聽憑上級指揮
熟悉各種號誌
觀察雲霧全神貫注
車輪彈奏鐵軌
敲出父親唯一會哼的配樂
山水追逐山水
是父親駕馭日子的流動背景
記得從前，父親常常

在家中播放這部單調的影片

我的父親是火車司機
這是他最初與最後的職業
三十八年來
他開車
載給我們菲薄的歡悅

他開車
看遍了生命的繁花落葉
我們卑微的家譜
彷彿簡陋的月台
早已堆滿旅人的腳步

三十八年來
父親用青春磨亮了
全台灣的鐵軌
我們的家
總吊掛他火車的最後一節
無數個年節
餐桌上空的就是那一位
我知道，那時
父親正蹲坐台灣的某一站
獨對寒月，吃食著冰冷的便當

小時候
喜歡臥貼鐵軌
竊聽，父親
正在車頭
與同事談論的
我們的一切
三十八年來
家裡的任何悲喜
他統統留在車上
仔細反覆的溫習

我的父親是火車司機
汽笛一鳴
無論酷陽或電雷
都得咬牙闖越
他深深了解
生活如果有什麼哲學
那就是鐵和鐵
生活如果曾經落淚
也要丟給車輪
讓它一滴一滴的輾碎

我有時從北到南，從南到北
搭乘火車沿線搜尋父親
獨自奔馳的歲月
鐵道上褐色的石塊
長堤般的羅列

莫非這些
盡是父親凝固的淚
偶爾火車交會
我多麼渴望在那電光石火中
跟父親扮演異地的相逢

常常在夢中
我會突然驚覺
望著熙攘的月台
父親的火車進站了
乘客紛紛下了車
而我的父親
瞻望前方
拖著三十八年的疲憊
準備開往生命的邊陲

——選自一九九七年元尊版《我的父親是火車司機》

溪戲

外雙溪對岸的唐代屋脊，適合
四月的風飛翔
十月的雨遊行
夕陽偶爾踮著腳尖打盹
以及，發表一些
被偷偷寫在筆記本的詩作

那個中文系學生，上樓時
不小心滑落的唐宋詩選
散逸一地尚未入學的五言七言
躍進無堤的溪裡
開鰓展鰭，裂開微笑的嘴吻
一群不安於室的魚

魚總在不安的夜逡巡
月光薄薄映照
片片銜含風霜
巨岩如典，冊冊驚險
側身穿越層層韻部
擺尾拍擊平仄，飛彈出水
勾引住天際初昇的星辰

溪水繞石，細而不絕
魚族潛浸，竟是一身滑潤泳技
在湯湯大海中
惟有這些帶星的魚背
得以切開黎明與黑夜
閃閃洄游，溯溪
那溪，光亮逾白晝
宛若大地的天際之河

——原載一九九九年五月二十五日《自由時報》副刊

等待果陀

——為八掌溪事件而寫

四條靈魂抱住一條溪
讓它不至流到岸上去
岸上的人怎麼還不逃？
逃去拿抛繩槍
逃去划橡皮艇
逃去叫大吊車
逃去開雲梯車

上百個觀眾，耐心的
枯守一齣等待果陀
果陀果然沒來
戲就已散場

散場的戲
觀眾喜歡用三字經討論劇情
忘了自己就是果陀

趁天色初晦
八隻手掌終於
放棄了那條溪
湍急的流言
沖濕了記憶
軀體累了想要睡覺
蓋一件厚厚的泥沙睡覺

——原載二〇〇〇年八月五日《中國時報》副刊

當一個朋友離去

——子夜，感懷吳濳誠

當一個朋友驟然離去
我們才開始搜尋對他的記憶
片片，片片，竟似琉璃
思念照耀，閃閃熠熠
是一杯茗茶，冷了
空氣不再香逸
入喉冰涼，進腹
沉澀翻攪

當一個朋友驟然離去
彷如長夜車燈
追逐在漠冷的黑暗
點著燈尋找光源
而有人無聲的下車
風帶走了他的行李
我們再也感覺不到他厚實的手掌
只能擁抱文字嶙峋的溫熱

當一個朋友驟然離去
留下他一生的行李
隨著風，掛在我們的記憶
跟我們四處旅行
當我們累了
坐進時間的廊廡休息
按壓扣環，打開
爲他，一件一件整理

——原載二〇〇〇年八月三十日《中國時報》副刊

侯吉諒作品

侯吉諒

台灣嘉義人，1958年生，中興大學畢業。曾任《時報周刊》編輯、海風出版社總編輯、《聯合報》副刊編輯、明日工作室副總經理等。現任未來書城總經理。著有詩集《詩生活》、《如畫》、《交響詩》等；另有散文集、詩畫作品集等。曾獲中國時報文學獎新詩類獎、國軍文藝金像獎長詩獎、全國優秀青年詩人獎、年度詩人獎等。

在電腦與水墨之間的詩

我在文件中加入一個表格
以動態連結叫入資料庫，然後等待
電腦完成我希望的工作：
我在尋找一種人際關係，叫作朋友
條件是，很久沒有聯絡
他們的名字與地址
在名片管理程式中不斷繁殖的資料裡
被各式各樣的頭銜、職稱和專長
以及其中複雜的人際關係淹沒——
硬碟高速轉動，聲音輕脆
像窗外不知名小鳥的鳴叫
在清晨的陽光下遠遠飛走
隱入前面小學校園的樹裡
我凝視那些遠樹的姿態

磨墨濡筆，在空白的宣紙上描摹
風，吹過樹梢的聲音。電腦硬碟正在忙碌運轉
容量龐大的硬碟如人口壓力日益沈重的地球
雷射光正在掃描每一個磁區
把每筆有「朋友」條件的資料一一叫出
重複又重複。我用三聚五攢的筆法
濃墨淡墨地交疊，重複又重複
程式一般，就畫好了一棵樹，而後一群樹叢
一片生機盎然的畫面，清楚的文字和統計表格
在我放下毛筆的時候已經完成
那些零碎的資料與數字
符號一般像點葉的筆法
重組又重組，以一定的方法和變化
就被歸納出了意義如一種筆法決定了一種樹
一種關懷決定一種人際關係
一種時間的隔離
決定了一種疏遠或思念

於是我重新找到那些久久沒有聯絡
卻一直心中掛念如檔案的朋友
而我的這首詩
也在等待電腦運作的水墨練習中
無意的完成

——一九九四年十一月八日・選自未來書城版《交響詩》

網路情人

我總是非常安靜的進入妳
掩藏在化名之後，在密密麻麻的網址中
和許許多多的名字擦身而過
恍如佇立華燈初上的街頭，茫然
與一個不確定的身影發生感應
留下深沈的惆悵，而後我
終於一層層打開妳
身體隱秘部位的皺褶，那些網頁中
彷彿有體液的暗香隱隱分泌

夜深而孤獨的時候，他們
如冬蟄的昆蟲紛紛爬出夏天濕熱的洞穴
向電子激盪的次空間聚攏
用文字伸出慾望的觸鬚，挑逗
陌生的身體，用想像滋潤自己
所有的傾吐與交談都像衛生紙
用來擦拭冷寂心情的浮躁
那種空虛，像孤獨的排泄
沖入馬桶的漩渦，在子夜迴盪

沒有人能夠確定
在終端機、數據機以及複雜的線路後面
也許近在咫尺也許遠在天涯的那個人
叫什麼名字，究竟
是男，是女

——一九九八年十月十六日

歷史

天蒼蒼　時間總是冷漠看著人間
地茫茫　虛無縹緲的容顏
　風吹　彷彿隨時就要散去
　草低　在日落的方向
見牛羊　地平線上隱約有人走過

——二〇〇二年·選自未來書城版《交響詩》

鋼琴四手聯彈

所有的樂器都是身體
像世間的男男女女
都在各自的旋律中前進
不斷尋找對位與共鳴，而又不斷
在眾聲喧嘩中，分分與合合

而我們彈琴的手是彼此的樂器
時時互相交纏，以靈魂契合的方式
穿越彼此的身體，進入
最溫暖內在的角落
在快板的樂句中不斷翻騰
急切前進，以歡愉的姿勢
兩雙蝴蝶般在春天飛舞追逐
太陽初現的耀眼光芒與騷動
宇宙創生的大霹靂
穩穩的向上帝的位置靠近
且等待最後
夢一般的飛翔
眞空中的漂浮，且沈思
休止符般絕對安靜的意義

然而我們是彼此的樂器

因分開而樂章中斷
而寂寞致死

——二〇〇〇年四月二十九日・選自未來書城版《交響詩》

不連續主題變奏：時代瑣事

名字

一千塊石頭壓在我胸口，
最底層，
是妳的名字。
薄薄的一層，微微發光，
像熨過的絲。

風聲

彼岸一有風吹，這裡的
草總是動得厲害，
彷彿有千百萬隻黑暗的手，
勒住了那些草樹的脖子，它們
總是不斷的夢見那些風，
是刀砍出來的聲音。

詩

在大廈的高樓，
我種植著華美的夢，
在那裡，
音樂流過燈的深井，
水面上盛開著，
玫瑰。

神話

饑餓的火舌舔舐著他麻木已久的神經，

露宿荒瘠的墓地時，
他偷偷起身，
沒有壓碎野墳裡的任何一塊白骨，
燐火般閃入冷霧
掩翳的竹林，從背包中取出
一位戰友在他懷中斷氣時
交給他的聖經，
一頁頁撕下來，
點火。
在恍惚閃爍的火光中他看到
諸神現身：
在神話的年代，
一個個民族都像起火燃燒的枯草，
被諸神施展的閃電般旳神威
全數焚滅。

故宮

陽光傾倒在巨大的石柱之間，
昔日皇宮的廣場，一陣風吹過，
麻雀在殿前長廊跳躍
遊客臨走前吱吱喳喳的喧嘩，
門都鎖好了，守夜的人說，
終於可以好好睡了，他在
廢王的床上翻過身去。一陣風起，
宮女與太監紛紛從牆上下來。

青苔

在這空氣結塊，
陽光被分割零售的城市，
有人散佈著
聽見了花開的聲音的謠言
廣場上和圓環裡那些
長滿銅綠的銅像們，
彷彿約好了似的，

紛紛自他們的位置失蹤。
許久過後，有人
從銅像空出來的位置，
發現了一些
青苔。

——原載一九九一年十月九日《中國時報》副刊

饕餮獸面銅紙鎮

那麼多的騷動隨時都可能爆發
沉沉的，我用一隻古代的銅獸壓著
不管風從那裡來
都要叫它平整如大地
豐盛的身體般伸展到天際
　光從左側的窗户緩緩地安靜降落
　莊嚴的樂章般在紙上鋪展開來

可以放膽馳騁筆墨與思潮
捲起煙雲，漂亮的律動留下痕跡
鬱結的情緒一層層積累
如土壤覆蓋山石，樹草叢生
陽光普照，風雨偶爾如潮汐
　樂章此時莊嚴如彌撒讚美的頌歌
　歡快的情緒像水上的光反射直上天際

這些，那古老的獸都安靜看了
都一一牢記在豔綠的銅鏽裡
像時間走過那樣眞實
像銅的質感那樣沉穩

——原載一九九六年七月十一日《中國時報》副刊

林沈默作品

林沈默

本名林承謨。台灣雲林人，1959年生，中國文化大學畢業。曾任《時報周刊》編輯主任、台灣文學營等編輯研習營暨公民大學講師，現任職報社。著有詩集《白烏鴉》、《林沈默台語詩選集》、《台灣囡仔詩——新編台中縣地方唸謠》等，另有童話、中短篇小說集等著作多部。曾獲吳濁流文學獎、中華文學敘述詩獎、優秀青年詩人獎。

統獨事件（台語詩）

爲著見解無投味，
兩隻台灣土雞仔囝，
所值雞椆內底反面相，
動武開嘴，
相爭起冤家。
一隻捅過來、
一隻啄過去。
你無讓我、
我無讓你。
捅到流血流滴，
啄到心氣喘也喘袂離。

雞仔老母上慈悲，
無閒椆內拚四界，
看到相拍哮啼啼，
隨時輕聲咧苦勸：
「萬禍賭強佔第一，
嘜爭是非自然去！」
——雞囝耳孔假無聽，
捅捅啄啄擱來拚。

雞仔老爸搰力底，
拚勢討呷顧大細，
吵鬧那看那毋是，
開嘴大聲就嚷起：
「兄弟若是袂和氣，
外人看笑拍到死！」
——雞囝耳孔聽袂落，
捅捅啄啄鬥袂止。

雞仔阿公有理智，

歷史世面看上透，
金孫代誌心頭知，
變面暗笑來教示：
「呷雞椆米顧雞籠，
捅捅啄啄爲啥物？」
——雞囝耳孔若雷誅，
捅捅啄啄，
洶洶攏碇去。

捅捅啄啄爲啥物？
雞囝洶洶攏驚醒。

——原載一九九一年一月三十一日《自立晚報》副刊

註解：

❶捅啄（thong^{2} tok^{4}）：為鳥禽爭食之意。「捅啄」二字影射「統獨」爭議。
❷雷誅（lui^{5} thi^{4}）：雷擊或雷劈之意。
❸碇（tiam^{7}）：靜止的樣子。

白露（台語詩）

——怨婦吟

十月白露凍草枝。
草枝青青含愛意，
見笑歹勢，
暗喜尾敧敧。

十月白露凍竹籬。
竹籬珍珠掛胸衣，
剖腹等待，
目睭金金睨。

十月白露凍紅柿。
紅柿結子抹胭脂，

無影無隻，
風搖目屎滴。

十月白露凍床墘。
床墘思君沁心脾，
茫茫怨怨，
寒夜咬嘴齒。

——原載一九九一年五月二十七日《自立晚報》副刊

後庄訪舊（台語詩）

溪水清清山影明，
竹排訪舊到後庄。
後庄主人髮落霜，
囝孫鬧熱像猴群。
第一清心三代堂，
牽掛眼前舉頭問。

閉褲䘼、
栽春秧、
後生三人潦田園。
抾鴨卵、
落鼎灶、
新婦相爭款三頓。
挽熟桑、
土腳耍、
細嬰找公欲討糖。
——主人孫輩歹計算。

新米飯、
溪哥湯、
雞鴨飼埕門。
主客盡用無相勸，

——趁燒趕腹溫心腸。

天中央、
雨傘欉、
竹竿一二丈。
閒來貼腳割檳榔，
——幼青入口話頭長。

交心一甲子，
酒啉五六甌。
醉躺椅條床，
回想世路逗逗遠。

醉躺椅條床，
倒看日頭……
——白反黃。

——原載一九九一年九月十三日《自立晚報》副刊

註解：

❶閉(bih4)：捲也。
❷褲䘼(khoo3 ng2)：褲管也。
❸潦(liau5)：足踏泥貌。
❹啉(lim1)：飲之意。
❺躺(theN1)：身體斜躺。
❻逗逗(tau7 tau7)：漸漸之意。

（以上三首詩均選自金安版《林沈默台語詩選集》）

孫維民作品

孫維民

山東煙台人，1959年生，政治大學西洋語文系畢業、輔仁大學英國語文學碩士，現任教職。著有詩集《拜波之塔》、《異形》、《麒麟》等；曾獲中國時報新詩獎、台北文學獎新詩獎、中央日報新詩獎、優秀青年詩人獎等。

冬至

是的，冬天已至。
死神經過結冰的道路
在急速旋轉的駕駛盤上，扭斷
一個男人的頸骨。他伸出手臂
接著在郊外的樹叢中和一位機車騎士問好。
道路無限地延伸
有人在墓碑前放置一束鮮豔的玫瑰。
他雙手插在口袋裡，從容地
張望。天已暗了
於是他走進一幢公寓的頂樓
等待一名處女脫下厚重的衣物
然後犁開肥沃的子宮，播撒
精心揀選的種籽

次日清晨，道路依然向前延伸
燈號在十字路口寂寞地變換著。
他向冰雪的盡頭張望
並無任何春天的蹤影

——一九九〇年十月六日·選自書林版《異形》

三株盆栽和它們的主人

I

他是一種較為低等的生物：
無根。排便。消耗大量的空氣和飲食。
善於偽裝。雌雄異株。
心靈傾向黑暗和孤獨。

每夜，我站在窗臺上
收聽他的鼾聲和囈語

觀望七彩的夢，反覆
重播——我也發現了死亡
祂曾幾次經過窗前
向內窺探

II

我迅速地衰老。
無法抵擋重力的催眠
枝梢的花瓣，終於，沉沉地
睡著了，
睡著了。起霧的世界高速旋轉
無聲地脫離彩色的夢……
他迅速地衰老。

雨絲細細地佈置
他凝望的窗外，一棵落葉喬木
更遠的遠方有一群雁
依照祕密的計劃飛行——
他捺熄煙頭，在房間裡踱步
咳嗽

他撥了兩通電話：副刊和出版社——
「最近寫的不多，」他說：「不過
愈能感受書寫的迫切。」
鏡片反映簡陋的室內
他的眼神疲憊：「我必須儘快
寫些真正好的東西……。」

他放下話筒。一小時後
他走出書房，心思仍然懸繫著一個句子；
他將我搬至屋外，接納雨水

且以心痛的沉默
拾起客廳地板上的一朵落花。

III

我傾聽著。偶爾也睜開眼睛。

日日爲我澆水的人，今天
腳步和呼吸明顯地變了。今天
他比昨天遲緩一些，濁重一些
陳舊的輪廓更爲模糊一些
今天，他更遠離他的族類。

我裸露著。偶爾深深地呼吸。

日日爲我捉蟲的人，今天
體溫和膚觸明顯地變了。今天
他比昨天冰涼一些，粗糙一些
腐朽的氣味更爲濃烈一些
今天，他更接近我的族類。

——一九九二年十月二十八日·選自書林版《異形》

遭遇

由於命運的指使他忽然走出停靠在黃昏的南
下快車逆向穿過人影稀疏的月台走近一列北
上的平快他先攀登第5車廂的梯級稀薄的日
光燈色與電扇的呼吸聲響在每一個車廂反覆
出現然而稍微猶豫之後他即決定坐在第7車廂

當他攜帶皮包與夢魘通過中間一節幾乎空洞
荒涼的車廂時他看見了下班之後偎倚著疲憊
和挫折雙手猶如秋末的芒草植根於膝上一冊
圖解山海經的我

——一九九三年十月二十八日·選自書林版《異形》

異形

如此強悍的痛苦在我的體內我無法以眼睛
嘴巴性器將它排出我不能用聲影液體煙霧
將它殺死
我在信封上書寫姓名地址
我拿起電話按下一堆數字
我走進黑暗的街道直到破曉
我駕著車任憑儀錶求救尖叫
我打開門找到床枕
躺下以前照例我
祈禱
可是始終它在生長還在我的體內像某種外
太空的異形指節伸進我的指節如同手套腳
掌踩壓我的腳掌彷若鞋子它的身體終於取代
了我餘下空殼的我不過是它臨時的居所偽裝
除了我
沒有人知道
除了它
沒有人知道

——一九九三年十二月二十四日．選自書林版《異形》

大夢

他壓動水箱的旋紐，然後刷牙洗臉
一個中年男子在鏡裡端詳著他
著名的弦樂主題又回來了，當妻子
走出廚房在原木餐桌上擺置碗筷
瓶花安靜地死著
第二、三版仍是未了的政爭

中東、緋聞、分屍疑案散落他處
八點三十七分了。她盡責地提醒
他拿鑰匙，坐在門口繫鞋帶
離家之前照例觸碰她的左乳。

當他抵達第一個路口
燈號轉紅，穿運動衣的老人顧盼通過。
開完會後必須抽空去趟銀行週五記得提早赴約
小心對付那頭漂亮的衣冠禽獸
他想。此時一隻白蝶撲撞擋風玻璃
他感覺自己已經完全清醒

雖然他確實還在一場夢裡。

——一九九四年八月·選自書林版《異形》

一日之傷

1

晚飯之後冬日的風還在窗門外搜索著。
我的足印向後行走，經過樓梯，巷街，車站，橋樑
回到一幢此時已然沉寂黑暗的建築……。
胃裡的食物磨碎，分解，進入小腸與大腸
而傷痛持續逗留在體內無法確定的某處
　不易吸收，排泄困難。

2

若干時日之後，它依舊安然存在
像一枚鋼片或牙齒。
它與肺部吸進的空氣，食道流入的液體
　遭遇，發生奇異的化學變化

終於成爲身體的一部分——
在細胞之間築巢，像禽與獸
在血液之上飛翔，如神或魔

——一九九五年七月．選自書林版《異形》

遲鈍作品

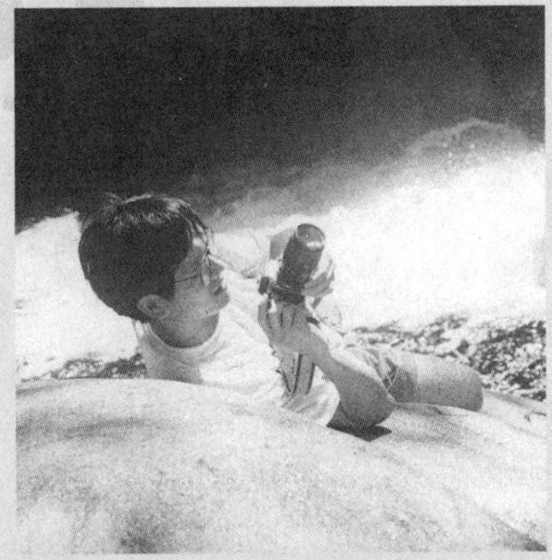

遲　鈍

本名林康民。台灣苗栗人，1960年生，英國諾丁漢大學國際關係碩士。現任公職，為文主要發表於網路，個人網頁「第七天」亦架設於「時報悅讀網」之「文字域」。曾獲文建會及台灣現代詩網路聯盟頒予1999年網路年度詩人獎、第二十四屆中國時報文學獎新詩首獎。

七字調㈡他生未卜此生休

他

人
總是如此
歧異，人
總是看不到
他，也
只是個人
罷了

生

一片土地
該長些什麼
上帝說
來頭牛吧
牠的奶汁會流過約旦
嬰兒會張開眼
塔樓會層層立起

未

麻雀呢烏鴉呢
懸空之處
如何築巢
漫長的跋涉
寂寞的路
仍向曠野探索
仍看不到樹林

卜

地震了地
震了

上帝的掌中
有道裂隙
人子啊
你還想知道
什麼

此

該停歇了，時間
也一起坐下，飲酒
且觀賞舞蹈，傾聽
絃聲震顫於動脈
瞬間有鳥鳴嚶嚶
世界在幽光之中旋繞
不再別離了，所有的路

生

又相逢了
晴天與雨天交易
油米換柴鹽
健保卡換易付卡
精子換套子
今天與明天共枕
結束與開始

休

此生，從那裡終止
他生，在那裡出發
木頭一般的了
再怎麼想都記不得曾經
開過一朵
花，還是一朵
菇

——一九九九年十二月八日

人間系列

——透明人

他是水
而不在其內
是煙吹
厭氧的風
是寶血
而發酵過度
是顏料
而在光譜之外
是深空裡的
一個洞穴
沒有邊際的
慾望

他是追悔
永不及物的
數位

（且莫拍照）

他是火
盛裝的
皮囊
纏匝於
繃帶
與記憶之間
是解不開扣子的
風衣
無法復原的
一堆原子
脫不掉重力的

靈魂
幽居在
位格的
最裡一層

而我竟謊稱他
塗抹了香膏

——二〇〇〇年九月二十九日

在布宜諾斯艾利斯(二)

在布宜諾斯艾利斯，距離玫瑰色的黃昏還
有兩個街角
我們與港口對坐，海鷗從汽笛裡捎來舞鞋
又貼心地叼去了我們腳邊的皮箱
就送給繼續南下的雲吧，我說
無政府的風濤，流金的航程，羅盤與海螺
愛怎麼裝便怎麼裝，熱那亞或立陶宛都不
再是家鄉
旅行的地圖握在掌心，我們不再移民

你看皮鞋上漸漸亮起一盞街燈，然後是下
一盞
你聽鞋跟叩著天階，星辰的指節輕敲鐘塔
喧騰的城市已經換穿晚裝，紫金的光害遮
不住銀河的舞衣
該他們歌唱了，我們的手扶在夜的腰肢
兩眼瞅緊布宜諾斯艾利斯的臉頰
等待歌者的頓點，酒杯的頷首
我們不再移民，旅行的地圖從足尖展開

——二〇〇一年七月三十日

在你的上游

不垂，不釣
不釣雪，不
釣山，不釣船
什麼都不
釣。一尾魚
順著絲線
游進眼裡

——二〇〇二年四月四日

江文瑜作品

江文瑜

台灣台中人，1961年生，台灣大學外文系畢業，美國德拉瓦大學語言學博士。曾任台北市女性權益促進會創會理事長。現為「女鯨詩社」召集人，並任教於台灣大學語言學研究所暨外文系。三十五歲開始寫詩，著有詩集《男人的乳頭》、《阿媽的料理》等；另有評論集、傳記文學等作品多種。曾獲陳秀喜詩獎、吳濁流文學獎詩獎等。

妳要驚異與精液

身為女人的妳對做愛總是無比驚異
率將鼓舞歡送衝鋒陷陣的兵隊精液
在暗潮洶湧的陰道浮沉驚溢
千萬支膨脹盛開的雞毛撣矗立勁屹
用力廝殺出憂暗角落隱藏的不經意
淫潤的愛意與愛液淫役　武功高強的精義
為保險　套上一層六脈神劍不侵的晶衣
豪爽對峙躍上最高峰競藝
玉山動如跳躍莖翼
牽連閃爍著台灣鯨腋
每夜用妳親手撫慰的最高敬意
冥想創造　精益
求精
每日用妳喉嚨尖聲喃喃的頸囈
冥想創造　精液
求驚

——一九九七年二月十二日・選自元尊版《男人的乳頭》

今夜，你這隻蚊子咬得我睡不著

在黑夜裡頌唸佛經
你這隻蚊子舉起一炷香
發熱的針頭
煙幕巡禮我聽到你「男撫婀泌脫峰」的
善災善災
你沉沉地插入輾轉的肌膚
耳語般的刺痛滑過：
「我的媽祖，妳是我飢餓的所在，

我仰賴妳而生。」
在黑夜裡朝聖一尊橫躺的女身
你這隻蚊子低頭舔舐
一口一口鮮紅的教義
那寫在血管般密佈的可蘭經脈裡
你的跪姿膜拜高聳的乳碑
和已經打開的陰門：
「我的女阿拉，賜給我妳神祇的體液
我將永遠臣服於妳威武的劍耙。」
在黑暗裡懺悔吸血的德行
你這隻蚊子沉重的肚腹下體
尋找散發著光的洞口之救贖
爬咬的紅斑爲痛苦的原罪
甦醒的女身吶喊：
一手掌握悲與樂的來源
置之於死地而後生？
「我的聖母瑪莉亞，讓我安然離去，
我將每夜來到妳的跟前，與妳十字般，
虔誠交合，婀門　痾悶。」

——一九九七年六月．選自元尊版《男人的乳頭》

男人的乳頭

從A罩杯至D罩杯找不著你的尺寸
原來你的只有小寫
躺在鋪上眠床的專櫃裡
a b c d

「原先，過於羞澀拘謹
你只允許自己以o型面目示人
圓滿、無缺、閉鎖
任何人可能爲你搬出的辯解：

『英挺動人的天生賦予，
不需要修飾的男人本色』
我熱心提供資本主義最佳邏輯，全力說
　服：
『同心圓纏繞舌頭緞帶的免費包裝，
較適合贈送情人的貼心禮品』：
撩起彎月弧形，滑梯至右下
意猶未盡，舔舐前進
（你的o如今披上一身舌帶，風姿綽約宛
　若a）
左上綿延而下，黏膩無絕
（此刻，你的o深飲一口氣，背脊堅挺，
　腰桿拉直如b）
靈舌緞帶交錯捎來數陣低喃的呼吸聲
溫溼如初夏的眉宇／梅雨
不小，打醒一季晚春
（你矜持的o終於口乾喉燥，展唇急促呻
　吟如c）
哦，舌帶差點忘記美容你的另一個o
他正乾瞪吃醋得漲紅了臉如O
來不及前置作業遊戲了
舌　甘　甜頭任意品嘗
綴繫成玫瑰花
（你的另一個o恢復自尊，微笑地再度挺
　直腰桿宛若d）」
負責打點男性罩杯專櫃的女人
滿意地凝視
a b c d
屬於男人的
小寫款式

——一九九七年七月・選自元尊版《男人的乳頭》

白帶

一卷　空白帶　躺在錄影機裡沉默不語
一隻隻　白帶魚　橫在熱鍋裡前途未卜
女人的　白帶　黏在褲子裡仍未凝固
一條條　白帶　綁在頭上追隨主人的怒吼

一卷　空白帶　手指按下「record」鍵
一隻隻　白帶魚　躺在盤子上死不瞑目
女人的　白帶　在性交時繼續泌泌流觸
一條條　白帶　沾滿鮮血寫出的文字

一卷　空白帶　開始錄下機械式的做愛
一隻隻　白帶魚　被雙面翻攪，牙齒啃蛀
女人的　白帶　混雜著精液，沾溼被褥
一條條　白帶　從糾結的髮梢脫落

一卷　空白帶　記憶終於青春不再
一隻隻　白帶魚　只留下殘肉和碎骨
女人的　白帶　乾燥成一片淡黃的酸味苦
一條條　白帶　走過夏季、秋季，還有冬
　季？

後記：

台北市廢公娼事件，引發婦女團體雙方不同之意見，也點燃公娼的抗議聲，本詩試圖觸發與此次事件相關的聯想和一些想像的場景。

——一九九七年十二月．選自元尊版《男人的乳頭》

如果一隻蒼蠅飛落在乳房

如果一雙蒼蠅掠過乳頭
她／他的複眼
看到一萬顆加州陽光踩過的葡萄乾
還是一萬粒九份礦山砂礫隙縫裡
紫色的芋圓？

假如一隻蒼蠅飛越乳房
她／他的複眼
看到一千支裝飾的倒立白玉瓷碗
還是一千支埋藏在玉山雲霧裡
盛滿小米酒的三角杯？

假若一隻蒼蠅降落在乳房
她／他的複眼
看到一百支進口ＸＯ的玻璃腰身
還是一百頂穿梭在農夫的影子上
被陽光覆蓋的斗笠？

一隻蒼蠅跌落在乳房
她／他的複眼
看到Ｎ粒新品種的改良木瓜
還是Ｎ粒金字塔美學原理
阿媽親手調製的肉粽？

還是她／他寧願閉起眼睛
想像一位母親
哺乳時
高潮的僞裝
聽到母鯨在海洋千里外狂號

或只是靜靜躺下
成一座島，或一粒西瓜子
落在一顆聽說可以改運的痣上
告訴母親命運跟著放大了

——一九九九年二月．選自女書版《阿媽的料理》

阿媽的料理系列（選二）

木瓜

她拒絕
像其他悠閒的阿媽，褪盡衣衫
在每一次日光浴裡
向浮雲友善地打招呼

她也不允許黑夜以閱兵的姿勢
輕輕俯觸她胸前的兩粒木瓜

五十幾年前，充滿青春的乳房
被當成泛著白光的省電燈泡
持久、耐用
日本軍人一個接一個接上插頭
以為彈性的玻璃永不破碎

屋裡未曾點燈
幽暗光線看不清對方的臉
他訕笑、他狂怒、他愉悅、他解脫
她胸口的白光照不亮他們的臉龐
在這個沒有地名的小房間
在菲律賓島上
她必須以體內僅存的光——
慰安　未安　畏暗

他們劇烈衝撞　前仆後繼
攻向一塊陌生／默聲的土地
她在一艘船上搖晃
或許，自己就是一艘船
士兵排列成海浪
推送她遠離家鄉
役場強迫登陸／登錄她的名字
每一批從左營出發的船載運
未知／慰汁方向的航程

船經過越南湄公河口
轟炸機炸彈散落
甲板瞬間碎裂
她眼見另一半的船身下沈
巨大的重量壓住她的下半身
她逐漸呼吸困難
抓不住任何浮木
水如魚雷般灌進她的身體
泡沫從口中取代她的語言

另一艘輪船再度起航
穿越巴士海峽
船卸貨後
她的身分與姓名被重新變更／遍耕
一座叢林
軍艦整批卸下士兵
藏匿在她的地／蒂盤
每一個夜裡，士兵繼續匍匐
押駐／壓住叢林
除了擦槍走火
宇宙間惟有靈魂出竅／鞘的聲響

五十幾年後

荒蕪的大地散落一地的木／墓瓜
她受傷／瘦殤的脊椎無法彎腰揀拾
只幻見滿地滾動的燈泡／砲
似燈芯已然焦黑的廢棄物

四周蟲鳴
風琴與口琴的軍歌
「還在菲律賓島上嗎？」

——一九九九年一月．選自女書版《阿媽的料理》

桃子

我，望著
神明桌，上，供奉一顆，桃子，
一個，盤子，托著……
你臀部的餘溫，那一張椅子還留著
會是冬夜裡炭火燒盡後的溫存
如此容易稍縱即逝？
我畏趕緊佔據那一張椅子
摩擦你的溫度
或是，讓我蹲下
半張臉龐撫貼著篝火的椅面
覬覦你的體味

如果，你的眞實靈魂曾被壓下
敗於你臀部的慾望重量
（和離它很近的周圍種種器官）
那麼，當我以，比你的臀還輕的臀
施加在這尚未離去的溫度
雌臀能窺見你雄臀的
那騷動的，純然原始的
滿池的魚塭／餘溫？

如果，你回來，我會假裝未曾佔領過你的
　座位
或是，我無須假裝
讓，你，知道你將重新坐下的
是交錯過後的溫度
雌性／磁性的臀抵抗那騷動的重量
她承載的是全身的靈魂

你，說，同時載動肉體和靈魂，的
，臀，
太，沈，重

我，望著，
神明，桌上，供奉一顆桃子
和，中間的，那條，深溝，
劃過，豔麗，的，桃紅，和，一抹，
蒼白

小時候阿媽的警語：
「痔瘡總在
坐別人剛坐過的椅子後」

——一九九九年三月・選自女書版《阿媽的料理》

台灣餐廳秀系列（選二）

葡萄酒

關在地窖
壓榨得皮開肉綻
刑期愈長
出獄後地位愈高

脫落的蔻丹

鮮紅蔻丹瞬間消失
帶領手指頭
穿越他突出的雙唇
隧道入口
他吸吮她的無名／無明　指
指／紙上一節一節車廂劇烈搖晃
蔻丹碎裂
脫落油漆黏在發黃的門　牙／衙
飄散天空的扣（押）單
消息送到太平洋彼岸的他
家鄉再也不是飛機降落
或輪船靠岸的終點
放逐的浪子只能藉波潮／撥巢
聽見故鄉父親的中風或母親的痛風
風聲

依舊掃過天外飛來的一筆　黑扣單
落滿一地的扣（押）單
特務的吉普輾過
車身忽然顚簸／癲潑
地上的名字畏寒打噴嚏
聽見懲治叛亂條例　21
來到（押）房
滿屋都是只穿內褲的幽靈
因爲收聽對岸廣播
身上插一朵紅花
家裡藏一本歷史唯物論
帽子上鑲一顆星星
風聲
依舊掃過地下飛來的一筆　紅扣單
隱形的扣（押）單

隨風吹到他們聚會地點
整批軍警蜂擁踢破緊閉大門
槍桿敲碎脆弱的玻璃窗
燈還點亮
爲何空無一人
有人通報裡面正在舉行讀書會
有人通報裡面正在密謀阻擋／組黨
風聲
依舊掃過樓房吹來的一筆　爛帳／爛仗

鉗子正摳他的指甲
要逼出扣押的理由
他的雙手瞬間沾滿
那比鮮紅還要豔麗的蔻丹

——二〇〇一年五月·選自女書版《阿媽的料理》

詩卷

瓦歷斯・諾幹作品

瓦歷斯・諾幹

漢名吳俊傑，1961年生於台中縣泰雅族部落，台中師專畢業，現職為教師。著有詩集《山是一座學校》、《想念族人》、《伊能再踏查》等。

山是一座學校

——給原住民兒童

山，怎麼會是一座學校。
黑板，粉筆在哪裡？
老師，會不會
手握兇猛粗暴的藤條？
黑亮的眼睛發問著
問號宛似天上的星群
親愛的孩子，請揮掉
你腦海中所有的疑惑
簡簡單單地
用腳掌去感覺踏實
用肌膚感受風的愛撫
用手心觸摸山的容顏
用一顆心推開山的門窗
你會發現到
它正悄悄地敞開校門
柔聲地說：請進，孩子

孩子，請進……
推開第一扇門
你將發現
是一座沒有黑板的教室
天空二行字，請用力讀
　把手伸開，當翅膀
　把腳站穩，當車輪
操場就是寬廣的草原
你將與野獸一同捉迷藏
和星星親密地交談
樹藤和你玩跳繩比賽
流水教你歡唱童謠

這正是山所教導的第一課
　把身體交給大自然

第二座教室只有空白的天空
但飛鳥與你們一同上課
牠帶領你昇高翱翔
熟悉每條河流的歌譜
熟悉每株林木的服裝
熟悉每座山的脾氣
冷了，白雲爲你披圍巾
累了，就在樹林的肩膀
和松鼠一起休息

離開第二座教室
山徑會通向山的屋頂
在那裡，你有一扇
四面敞開的窗戶

暴雨會搖撼妳的身軀
冷雨會拉扯妳的衣服
狂風會吹亂你的視野

你們會看到
柔弱的草，謙遜地彎腰
龐大的石頭，堅忍地立正
頑皮的松鼠，機伶地午睡
落葉，將重回泥土的懷抱
它們，依然生活下來
像山的胸膛
藏著千百年的深豁
像山的歷史
充滿億萬年的驚奇
像山的志節
誰也不許令它改變

第四座、第五座——教室

以至於第無數座教室
你將發現自己是學生也是老師
你的眼睛你的皮膚你的手腳
甚至於你的耳朵都是最好的老師
當山的校園敲起上課的鐘聲
你要自己找椅子上課
風霜雨雪可能是一枝鉛筆
一本書、一架鋼琴，或是
一座實實在在的體育場
因爲你正是山的孩子
有天，當你們下山
來到城市來到鷹架上
來到礦坑來到辦公室
你們將和不同語言的人
不同習慣的族群
不同膚色的人群
共同生活

請永遠記住，緊緊地
記取山的教誨
好讓島嶼每一個角落
矗立著一座座
英挺的山

——一九九四年六月・選自中縣文化版《山是一座學校》

當我們同在一起

一八九六年日領前夕的清晨
Bisui Dali❶誕生在高聳的太魯閣山脈
涼爽的山嵐與溫柔的陽光將Bisui照顧得白
淨可愛
當荒野中第一顆文明的炮彈自立霧溪飄蕩
過來
襁褓中的Bisui微微地受到搖撼但感覺不到
疼痛。

一九一四年，我們的Bisui已美得讓梅花鹿
　轉身
學會了織布和耕種，就在部落失陷日本槍
　炮之前❷
Bisui在劇痛與歡愉中完成黥面的成年儀式
慶幸自己獲致成年權杖的喜悅並沒有維持
　多久
當部落的上空出現兩個太陽
詛咒便像瘟疫蔓延太魯閣山區
每一棵茁壯的樟樹彷彿生場大病紛紛倒下
每一條清澈的溪流宛如吹奏著低沈的小調
微微搖撼的童年隨時間擴散開來，終於
終於排山倒海摧毀每一座部落。❸
啊！今日我們看到Bisui繁華過的黥面
再度來到國家公園的門口
在抗議的人潮聲中，那衰老的軀體正拄杖
　前行

一位年輕的泰雅鎮警好心的以國語發問：
「老婆婆，你要到哪裡去呢？」
Bisui遙指山谷，發出孩子不再想聽懂的族
　語說
「Mu sa ngasan mu（我想回家！）」
一八九九年，白霧纏繞的鹿場大山上
誕生了小雲豹般的嬰兒
當他奮力地睜開迷霧般的雙眼
飛鼠似地亮光照耀了竹編的屋宇
他的名字叫Beisu Shaid❹，見證出生時的
　活潑。
十歲時，我們的小雲豹已長出精壯的小腿
　肚了
遠去雪山山脈的北部山區，有些
煙硝的氣息悄悄地擴張起來，像七月的烏
　雲蓋天

一場比颱風更強烈的風暴就要來臨
Beisu依然是一陣無憂無慮的風穿梭森林。
一九一六年，Beisu不知道
部落爲何要遷離下山？卻清楚地感覺到
離Babagwarga愈來愈遠，會不會
族人的心也要分手？
遷移前，Beisu與年齡相近的友伴完成黥面
「下山後，怕再也沒機會了！」族老憂心
　的說。
Beisu憂愁地回答：「遠離聖山
我們會不會像失去耳朵的泰雅？」
沒有人回答，只有日警的催促聲
一如鹿場大山不斷傳來崩裂的伐木聲。
多年以後的一九九四年，我們
九十五歲的Beisu在黯夜中掩面而泣
不遠的廣場正舉行歡愉的觀光祭典
祭場的上位不見族老的蹤跡，廣播器裡
族老的聲音已被新政府的官員取代。
黎明前，有些悲戚的氣息游盪在空中
「啊！這是個沒有耳朵的時代……」

一九〇一年，大安溪上游的Srvri部落
正歡慶一位頭目之子的誕生
小米酒的氣味釀倒每一株驕傲的櫸木
森林裡的野櫻花張開紅色的眼睛祝福
族人爲這新生兒取名爲Wadang Deimu
十年後，隘勇線與警備道隨砲聲前進
Wadang撿起一枚炸傷族人的碎彈片
鐵青暗黑的色澤裡，隱藏哀痛的聲音
這是Wadang第一次聽見無聲的憤怒
像一匹獸，它們在胸中蟄伏良久不輕易現
身
直到Wadang黥面後的一年，一九二〇年
紅色的血花一年四季開滿部落，

幾年以後，Wadang的世界已非溪流兩岸的
　山林
而是駐在所前跑腿、喊口號的警所工友。
「刺青，野蠻民族の符號哇！」
出發內地橫濱觀光前，我們的頭目之子
　Wadang
在基隆港登船而被剝除掉青色的黥紋
這一次，Wadang再次聽見蟄伏的獸發出絕
　望的憤怒。
直到今日，只要你問起臉上失去的黥紋時
Wadang只是驚恐地發出：
「彩虹橋上，怕祖靈認不得無臉的孩子
　囉！」
一九九五年，我們黥面的族老們統統見面
　了
不論是烏來、太魯閣、霧社或是北勢群的
　族老
他們被集合在一本本精美的攝影銅板簿冊
　上
微笑或者沈思的姿勢並不重要
只要是黥面的族老都被文明的機器攫走了
他們在一場場影像發表的藝術殿堂上
默默無語一如失去嘴巴的靈魂。
不遠的廣場，快樂的學童正歡唱著：
當我們同在一起，在一起，在一起……

——一九九九年十一月三十日・選自晨星版《伊能再踏查》

註釋：

❶Bisui Dali泰雅名，漢譯：碧水・達麗。

❷一九一四年六月一日，日總督府發起「太魯閣群討伐行動」，九月十九日，討伐行動完成，也結束日總督府對台灣原住民實施之「五個年理蕃計畫」。

❸一九三〇年，日總督府對台灣原住民各族實施「集團

移往」政策，將各分散部落集中於日警駐在所（派出所）附近居住，或集團遷往平地居住。國民政府時期，殘留在太魯閣山區的住戶再次遷至花蓮平原周邊地區。

❹Beisu Shaid，泰雅名，漢譯：飛曙·夏德。Beisu，意為「活躍於樹林間的動物」。

回到世居的所在

車過苗栗平原，進入汶水溪谷地
你看到光影浮動在群山之間
以為是藏青的綠意，或許是
翠巒織成的色塊。他們
縱橫雪山山脈宛如多重的符碼
一如綠葉成就山巒，移動如風
如雷，如藍空捲雲靜伺，溫柔如紡絲
如炊煙，如豹眼如鷹翅狂熱。
在溪谷腰帶的部落，有人看到
千年以前傳遞的光影，青綠或者
黛墨，他們一同發出山林的光澤
有人說那是黥面，我說那是
山靈的魂魄

南下過了諸羅城就是平疇田園
風吹過平疇之地，彷彿還傳來
彷彿是西拉雅人走標的震動聲
快活的氣息留在平原。
雨滋潤田園之地，彷彿又看見
彷彿是西拉雅阿立祖靜默的臉
厚實的養分潛藏田園。
我看見他們倉皇的腳步四散
奔向內山遠竄後山，有人
留在平疇田園交換血液交換
膚色，直到西拉雅成為

微細的一線香

越過台灣南岬，落山風過去就是後山
來到大武山尾，我們就要歇息。
一如千百年前的族人，我們看見
花東縱谷傳來Pujuma激越的刺擊聲
青少年宛如軍士挺立平原。
我們也聽見海浪拍岸的聲音
它們從Bantsa的胸腹擴散
從花東海岸直奔亞特蘭大。
越過大武山，我們要仔細思量
關於水加血液的比例問題
關於土地與定居的交換記數
關於容忍、愛與包容的哲學命題
來到蘇花公路，哲學與算數
交給危崖與拍岸爭辯。

車過蘇澳，噶瑪蘭三十六社
如貝殼鑲織蘭陽平原
越過淡蘭古道，凱達格蘭
如漁人守護每一條出海口
現在他們都已升上天空
成爲時隱時沒的星群。
一九九六年，有一顆熱情的隕星
忽忽墜落城市中心，我們叫它
凱達格蘭大道

讓我們回到世居的所在
像河流溯回山林的窗前
讓雲豹棲息森林
像落葉融入根部底處
回到世居的所在
讓我們擦亮生鏽的名字
一如鷹隼擦亮天空的眼睛

——一九九九年十一月・選自晨星版《伊能再踏查》

霧社（一八九二～一九三一）

一、膏（一八九二・埔里）

凝成了膏，如一面鏡子，坦開胸膛……

我們遺失了一個孩子——Dadao Giwas，血從胸膛流了下來，像一顆顆不肯凝固的淚水，溫熱的水線流到埔裡街道的泥土上，沿著不同氣息的腳印滑過，只爲了溫習彩虹橋上傳下的聲音。紅色的血不斷地湧出……

紅色的火吹送著復仇的利刃，在鋁鍋做成的海洋中，淚水一般的血慢慢凝固成一面殷紅的鏡子，你看到了嗎？每張復仇的胸膛都長出一對翅膀，他們飛向彩虹橋，也墜落罪惡的深谷。

你把胸膛打開，一對潔白的翅膀伸了出來，他將你帶上天空，地面上的鏡子慢慢凝固，凝成一枚小小的、心形的膏點。

本事：

胡傳《台灣日記與稟啓》載：「埔裡所屬有南番，有北番。南番歸化久，初亦不茲事。北番出，則軍民爭殺之；即官欲招撫，民亦不從……。民殺番，即屠而賣其肉，每肉一兩值錢二十文，買者爭先恐後，頃刻而盡；煎熬其骨為膏，謂之『番膏』，價極貴。官示禁，而民亦不從也。」

二、山櫻花（一九〇一）

三月的櫻花樹怎麼開花了？

七歲的Hajun來到溫泉刮著山鹽青，一包芋頭葉的山鹽青要爲家人的脖子消腫。一回頭，山腳下的櫻樹都開花了。

三月的櫻花樹怎麼爆炸了？

Hajun的眼睛看著爆炸的櫻花，一片一片的花瓣乘著風飄上來，撿起一片花瓣，別在胸口上，Hajun覺得疼！

三月的櫻花樹怎麼流血了？

墜落的山鹽青雪花般飄著，覆蓋在Hajun的眼睛，找不到路的眼睛焦急的對空中喊著：我要回家！

三月的櫻花樹開滿了山谷。

多年以後，仍然是七歲的Hajun來到溫泉，所有的櫻樹下都站著日本警察，Hajun不理會嚴肅的警察，如常刮山鹽青，如常想著回家。

本事：

日人治台之初，「深堀事件」（一八九七）帶給日人極大的震撼，並對霧社地區的泰雅族埋下威嚇與武力圍剿的誘因。首先即實施禁食鹽、鐵器等「生計大封鎖」，族人只得以山鹽青替代食鹽。一九〇一年，日人展開對霧社山區的圍剿與討伐行動，史稱「人止關之役」。

三、少年最後的敵首祭（一九二〇）

秋日月光照耀的山嶺，腰間魚尾形番刀劃傷族人的暗影。十五歲的馬赫坡少年尾隨大人的腳步，他聽見貓頭鷹發出警告的訊號，出發前的希麗克卜鳥再次橫過少年的眼前。

這秋日夜隙，少年的敵首祭安穩地等在薩拉茂部落。

少年張開眼睛將黑夜撕下來，貓頭鷹冷靜地躲在樹洞，希麗克鳥卻像夜晚的蝙蝠在清晨哭泣，當少年劃下第一顆頭顱，照耀部落的紅太陽，卻兀自笑了起來。

這秋日清晨，馬赫坡少年砍下了薩拉茂部落親族的頭顱。

本事：

一九二〇年，「薩拉茂地區抗日事件」日人無法以武力平定，遂兩次脅迫霧社群族人編成「奇襲隊」參予討伐薩拉茂的抗日壯丁，以獵取「敵蕃」首級論功行賞，並舉行「敵首祭」為誘，實進行著「以蕃制蕃」的滅族行動。

四、教室（一九二五）

我是花岡一郎，蕃人的子弟。

我走進教室，看到排列整齊的武士刀。第一把刀劃去了我的長髮，使我變成留著三分頭的小日本。我後來看見那些黑色的頭髮，吊掛在教室的窗板上，隨著歲月的曝曬，它們都變成一絲一絲的嘆息，隨風搖擺。

我是川野花子，蕃人頭目的孩子。

我走進教室，聽到了奇異的聲音在流竄，ㄚㄧㄨㄟㄡ……抓到第一個音符，我將它豢養在喉嚨裡，它餵養、敲打、拉扯、撫摸我的聲帶，直到我再也無法發出族語，它滿意的離開了喉嚨，像孩子般，睡在我的腦殼裡。

我是中山　清，「霧社事件」不良蕃的孩子。

我走進教室，不久便沉沉入睡。睡夢中我聽見刀光劍影的招喚，我看見我的手數著親族的頭顱，後來長著翅膀的書籍飛到我面前，像天使般安慰著我。醒來之後，我發奮地啃讀書本，直到我的罪惡被洗清。

感謝天皇！

本事：

日人於一九一〇年設立「霧社教育所」，作為教化霧社地區泰雅族子弟的先聲。一九二一年之後，陸續設立各部落的「蕃童教育所」，但在撫育與攏絡政策下，先後將花岡一郎（其畢業於台中師範學校講習科，為日本殖民地政府教化撫育政策下的一大盛事）、花岡二郎、川野花子、高山初子、中山清（「霧社事件」後裔，事件當時，曾受日警搭救，並擔任點數反抗蕃死者頭顱的工作）等編入日人子弟就學的霧社尋常小學校，作為日本教化的典範代表。

五、風中的名字（一九三一年五月六日）

自從仇恨趁黑夜追殺了憐憫，我們只剩下二九八具身體。我們將悲傷藏了起來，藏在花葉、藏在泥土、藏在風塵之中。所以我們每一個微弱的呼吸，都沾粘著親人的氣息。

從霧社分室到眉溪，從眉溪到埔裡街，從埔裡街最後來到川中島，我看到所有的魂魄也徘徊在川中島，只有我們的身體最微弱，只能卑微地默念風中的名字。

Mona Dadau Walis Habauo Bakan Lagis
Nomin
Obin Bihau Basaou Bawan Mushin Sabo
Lubi

讓我們用力地呼吸你的名字吧！從花葉中伸展芬芳，從泥土裡長出果實，從風塵中雕塑希望，用你們的名字傳遞歷史的氣息。

本事：

一九三〇年四月二十五日，日人唆使道澤群族人投入「以蕃制蕃」的戰鬥，殺害事件餘生的「保護蕃收容所」族人，史稱「第二次霧社事件」，事件中，五六一名族人在奇襲中僅存二九八人。五月六日，「強制移居」至川中島行監管，為霧社地區泰雅族人的反抗行動劃下歷史宿命的悲慘結局。

陳克華作品

陳文發／攝影

陳克華

台灣花蓮人，1961年生，台北醫學院醫學系畢業。現任職於台北榮民總醫院。著有詩集《騎鯨少年》、《我在生命轉彎的地方》、《我撿到一顆頭顱》、《欠砍頭詩》、《花與淚與河流》等；另有散文集、小說集等多部。曾獲中國時報文學獎、聯合報文學獎、第一屆陽光詩獎、中國新詩協會年度傑出詩人獎、台北文學獎等。

在A片流行的年代……

在A片流行的年代裡
我們都記得一名擁有三個屄的女人
在第四台簡陋的攝影棚裡
她的三個屄分別被稱做
現象　本質
和屌

她毋寧是驕傲的
相對於我們無知的渴望
和所有拒絕推銷保險套的脫星一樣
我每晚皆以陽具向她
肅立致敬

在偶爾捨棄皮鞭和刑具的良夜
尼采便虛脫也似地瘋狂尋找藥物——
月亮嗎？全世界最大一顆迷幻藥
已然圖騰了半個地球的水泥叢林
但我們已然超越追求心靈的年代

超越雞姦和虐待的年代
超越了靜坐觀想和無我
「別解放我，請虛無我……」
A片裡的一句台詞
遺失在七七四十九重天
三千大千世界

天人尚且五衰……，我說
那麼何不當頭賞我一泡你的屎和尿和無盡自在
樹木花果，日月星辰
即使被催眠的猩猩也無從洩露
我如何和自己19歲的影子作愛

如何在作愛中培植體毛和智慧……
久久，而久久我立在眞理販賣機前
希望投幣口能接受我手中的銅板
屌能接納我的屌
(無論是在本質或現象上)
在那個A片流行的年代
慾望是地球表面新隆起的一座火山口
而快感呢？快感多麼小心翼翼而努力
如一隻蚊蚋般的直昇機
在爬昇與墜燬之間
偷偷親吻了正在手淫當中的自己……

——一九九三年．選自九歌版《欠砍頭詩》

閉上你的陰唇

你已然明瞭這個體面但強暴過你的世界
情與非情的分野
獸與禽獸不如的人類
你說你已經成長成熟甚至
爛熟的境地
性與權力的重新分配
頹廢的屌與神經錯亂的屄
你也都熟悉
你說什麼垃圾皆可以倒進你的乳溝
你是頭頂生瘡腳底流膿的大地之母
你的褻衣萬國旗
你說讓我顛覆，讓我解構

讓我以凱撒的口吻說：
我來，我見，我被肏

當正義之師策馬轉進入圍城
這土地已被謊言包裹得無比光榮
你說這是聽不見良知之國：
「我愛豬肉。」語言教學如是教你
豬肉也愛你

豬肉愛我們。
（來，跟著我覆誦）
豬肉無比博愛——
如同海嘯本世紀以來最高的高潮即將來臨
如同潛意識中對法西斯的渴望：
可是
可是在我眞正聆聽之前
你何不先閉上你的陰唇

——一九九四年·選自九歌版《欠砍頭詩》

錯覺

有一種沙塵滿佈的錯覺
在你不斷上漲的身體累積　復累積
流動的，我的目光帶領記憶
穿過指縫
前來殖民你的下體

那是蓮花
那正是花開一瞬
那時風正轉醒
那時我正如一顆吹起的沙塵
沾附你野蠻隆起
而忽而四散的
慾念

慾念是埋在地底很深很深的
一道礦脈，我的小腹
正敏感抵著他隱隱的搏動
「撕裂我，否則愛我……」
否則打開我，我凝結如岩的部份
我蕩流八方的部份
我癡昧無明的部份
我無視時間捉弄的部份——
神祇於造山運動之後
又一齊沉入海洋
芥子啊芥子
芥子飛滅於慾流三界，三千大千
營造了沙塵滿佈的錯覺
「我們將不是老了，而是舊了……」
因此生厭離之心

毋憐汝色，毋愛吾心
在礦脈終止的地方
你身體覆滿了漂游細碎的蓮花是錯覺
你身體流滿了風生潮起的沙塵是錯覺
遍體清涼無垢的觀音是錯覺
我躺下
我畢竟眞正躺下
可是，這躺下
是錯覺。

——一九九五年．選自書林版《美麗深邃的亞細亞》

誰是尹清楓

一、誰

誰

誰在帷幕大樓的鏡面牆壁上
　製造了幽靈

以及幽靈龐大的巢穴。
當天空紛紛降下淡綠色的鈔票
武器便開始滋長
槍管生出刺刀
裝甲的肚腹漲滿魚卵般的飛彈

誰，誰的臉
在潛望鏡沉下的那一瞬
在水面偷偷笑了一下

二、是

是。長官。是。
請。長官。請您。
蹂躪。是。盡情
地。是的。長官。別。
再猶豫。了。請長官。
卸下。您。手中。和腰間
。已經陳舊。的。
武器。是的。
長官。請您。
蹂。
躪。是的。請
長官。舉起
您胯。間。
那副。
嶄新。大。粗。
硬。是的。夠
有凍頭。的
新武器。儘
情地。
蹂躪。

我罷

三、尹

尹□□因□辦□□速
□因□擬□爾□□□
□等可□奉□消□忍
□如辦□察□□有□
事□不□□滅□無何
□此□撤□□政實□
□證□□圓□結□滅
□□據□消□□完□

四、清

清晨的和風悠悠拂過
中正號飛彈的胸膛再悠悠拂過
美齡號戰機的肚臍再悠悠拂過
經國號艦艇的乳頭再悠悠拂過
登輝號潛艇的下顎再悠悠
拂
過

五、楓

楓開始落葉的那個冬日，我清楚記得
也就是照片在藥水中開始顯影的那日我
開始將換季的軍服由抽屜托出的那晚
有人開始聽見地底傳來的回聲也正是
錄音帶開始斑駁的那一刻有一隻手伸出
按下play鍵並告訴我：從今天起你的生命
已開始被竊聽。也正是我發覺我遺失了
我專用的橡皮擦的那晚我開始大量
喪失記憶是的正是我拔開那瓶
標示著低階軍官禁止服用的藥瓶的那日
我清楚記得，那一個冬日楓樹開始掉下葉子……

——一九九六年·選自書林版《美麗深邃的亞細亞》

美麗深邃的亞細亞

——贈鄭問

雖有聖境，莫作聖解；
若作聖解，即受群邪。
——楞嚴經

一、倒楣王——垃圾

讓我參拜你輝煌的下體
一如我是　被你　吸附　的垃圾
千里外的你
不自覺地　吸附了
崎嶇坎坷的垃圾的我（不遠千里）
我方知我是已被人界摒棄的
經文上無關閎旨的細節　的
旁邊的細節
的旁邊的細節
（永無止盡）——
甚至不是
於垃圾界稱王的
高貴垃圾，美麗垃圾，營養垃圾們

你說這垃圾界與非垃圾界都已在迅速崩壞之中
雖然擁有完美的脊柱與膂力
智慧與福報，你依舊無法改變
身爲一個倒楣王的命運……
然而倒楣終究是無從抵禦的大神力
讓幸運遠離罷
遠離這我一切深愛的顛倒夢想
我就是貪，我就是嗔，我就是癡

吸附我！
倒楣是因，是緣，是宿命是宴饗
是崩壞的基因是
你輝煌的下體永無止盡的細節
是徹底絕望之前的
一次深情　凝望

二、潰爛王——皮膚

潰爛是神性的花
悄悄，第一朵開在你羞怯的鼠蹊
你說，你願像天上雲朵
從此在地上自在飄流
無憂，無涉
不落苦樂，你該是
以潰爛紋身腐水淨身的潰爛王罷

你原以爲你那身薰著屍臭的風衣
可以驅擋群魔　生死　業力
不招因果

誰知你卻悄悄潰爛了，潰爛是
內在的，一直到皮膚開出一朵
璀璨華美的花來——
「潰爛之花呢……」
而你竟是摩訶迦葉的微笑
恆河之水中的無數屎溺殘屍
也將比不上這場莊嚴花事

潰爛罷，這廣袤人世三界六道
必然之成之住之壞
之空中你不禁虛無了的虛無地報以微笑

「我不再代替你們潰爛了……眾生呵，」

你不禁虛無了的虛無地微笑著了
當花落化爲千頃春泥
你廣袤豐饒的肉身
或將漸漸泛起了無言的混沌的寂寞沼澤……

三、收妖王——耳垂

我愛上的你那碩大耳垂
想必是你精實肢體結晶所幻生出之肥美果實
值得舌頭再三品味

因而舌頭也懂得勃起了
因而耳垂也懂得勃起了
你總是理直氣壯在人間
吆喝一聲：收妖去！

妖氣瀰漫的鼻頭山下
人民世代耕讀也不知有道有佛有聖有仙
只是你來因而嘴唇也懂得勃起了
　　陰唇也懂得勃起了
妖在哪裡？不如問
收的什麼妖？不如
問：誰在收妖？
不如問：爲什麼要去收妖？
不如問
妖是不是妖？

不如不問。
不增不減。
你的垂肩耳垂日夜增長
沈重
慈眉愈見嫵媚
善目更添風情
人民汲汲營營也不知有生有死有業有障
妖在哪裡？

（不生不滅）
只是手指也懂得勃起了。
只是腳趾也懂得勃起了。
收妖王說一切愛染已臻化境
無處不丹田
這遭百般戲弄依然美絕俊挺的肉身呵……
（這裡也是陽具（那裡也是陽具）
無處不勃起
舌頭挾無情口業洗刷過的耳垂
終於聽見了一聲：
妖在這裡。

——一九九五年．選自書林版《美麗深邃的亞細亞》

黎明黎明請你不要來

做完愛的早晨
黎明沒有如期出現
我們在黑暗中梳洗
做早點

上班的人潮自收音機中流洩
我們只喝靜默的咖啡

像一個早起的假日
白色床單包裹起整個房間

黑暗中我們知道夜已遠去
黑暗中白晝永遠不會到來

永不被理解的時刻
有人在我的肉體上　輕輕劃亮了一根火柴……

——二〇〇一年．選自書林版《花與淚與河流》

性別二首

(一) 女人的隱形陽具

她的雙手自然而然棲息
在擋住男人視線的地方
怡怡走過一排由小而大的啞鈴
之後，空氣中留下
人形的氣味令人恐慌

當二頭肌充血時
她積極轉換爲男人
或者一個和男人對峙的女人——
有鋼質的骨髓與帶刃的臼齒
顧盼睥睨著人體羞怯的肛門

她想經由目光曬黑
在一排排挺立如龜頭的槓鈴
或一面面閃躲如幻覺的鏡子面前
她收緊小腹
夢想她渴望的粗糙與撞裂

是的，女人不過是一種僞裝
她在膨脹她的大臀肌時
早已下足了一窩卵在胸前飛鳥
最後一次振翅的輝煌裡

在一切指涉飢渴的隱喻裡
她是熠熠發亮的
因喘息而震動的
隱形的　不需體毛血管裝飾的
陽具。

(二) 男人的陰道慶典

男人頭上戴花在城市灰黯的節慶
一個名字不被記誦的日子
但許多花朵因此死在躁烈的髮叢裡
或焚風般的呼吸裡，呵男人們　呵
呵易開罐的碎牛肉裡的男人在玉米
或蔬菜濃湯在經血或衛生綿或在
吸飽或乾涸甚至乾斃的模糊地帶裡
選擇了只接吻不肛交　或
不口交　只肛交　或
只肛交又只接吻的午後的
那個男人體內長出一朵奇異卻又尋常如痔瘡
　的花
綻開的
那個男人只想透過麥克風召集全島已失去韌
　性的肛門轉向朝上
鬆弛的
那個男人走向槌子敲打的講台說這是公平的
　合法的榮耀的被強姦
被敲打的
那個男人剝開藏於雙乳間的刺青愛撫著曖軟
　不下來的青春舞曲喲嘿
於是的
那個男人極女性地聲明我也將或許大概不確
　定地支持所謂異性戀霸權
政治正確的
那個男人消失起淋過汽油的炯炯男軀趺坐醜

腆抽煙的螢光幕前
骨盆寬大的
那個男人懷抱著陰道交的崇高理想來到名爲
　所多瑪理想國的大門被拒
些微傷風的
那個永遠不會頭痛的天體男人擁抱著下體已
　然
分裂的止痛與壯陽意識
在某次午後的虛脫感裡
那個男人轉頭扭捏著打好粉底說總統，是總
　統的人馬臨幸了嗎
然而徹底失望的
那個男人終於將鐵杵磨成繡花針的鐵杵放進

肛門發現那一去永不復返的
粗糙與斷裂，他說
毋自暴自棄故步自封光我民族促進大同
的那個男人
東亞稱雄……的確是稱雄的快感惟艱……
那個男人，和那一朵花
悄悄地在宇宙某處的節日慶典
躁動男人們的陰道遊行而過……

——原載二〇〇二年九月《創世紀》詩刊一二八期

洪淑苓作品

洪淑苓

台北市人，1962年生，台灣大學中國文學博士。現任台灣大學中文系副教授，並擔任野鴨詩社指導老師。著有詩集《合婚》、《預約的幸福》等；另有散文集、學術專著等作品多部。曾獲教育部文藝創作獎、台北文學獎、優秀青年詩獎、詩歌藝術創作獎等。

黃昏之鷹

請問您看到他了嗎

只是去散散步
買份晚報
他順手把自己一折
塞進沒有門牌的信箱
只是去舊社區
找人聊聊天
他把香煙捻熄
跟著消失不見

六十七歲中等身材
那時他身穿黑色夾克
背後有老鷹圖案

是的　老鷹
赤紅赤紅褪了色的
一隻老老的鷹
搧動著微弱的氣流
向黑暗的巢穴　墜落

請問您看到他了嗎
黃昏電線桿上泛白的
尋人啓事如是問

——一九九七年三月二十五日・選自河童版《預約的幸福》

阿母个裁縫車

雙腳踏落去
白色个棉紗線就開始紡
阿母个裁縫車仔
車尪仔車貓仔車狗仔囝

車一條闊闊个路
乎阮行

自小學到大學
阮學寫ㄅㄆㄇ擱ＡＢＣ
阿母攏是佇人客廳
甲伊彼台裁縫車仔作伴

正手掄落去
白色个棉紗線就開始紡
阿母个裁縫車仔
逐暝逐日若親像走馬燈
直直紡　直直走
甲時間當作一塊布車落去
愈轉愈細粒个線軸
就親像伊愈來愈少个頭毛
愈走愈遠个線頭
就親像阮
出外吃頭路
順煞結婚生囝

阮今麼想要甲阿母鬥穿針
坐飛機嘛要幾半天
阮常常佇咧想
想要叫阿母踏裁縫車仔
甲阮个思鄉夢車一條拉鍊
想著伊个時準
就甲拽開
阮就看著
阿母个裁縫車仔
甲彼粒棉紗線
直直紡　直直走

——一九九八年十月七日

城市·慶典與灰燼

為了不曾到來的相逢
我盛裝以赴
人們謠傳
你愛上他人所以
把整座城市遺留給我
當你離去
慶典才剛剛開始

微笑的氣球
呢喃的鴿子
以及盛裝的我
都在等待順勢的風向
——我已經疲於逆風飛行
我只想要把自己打開
散入靈魂深處的茫然
（在慶典的高峰
沒有人發現
女王遺失了她的皇冠）

慶典結束以後
這城市將成為廢墟
而人們的謠言繼續燃燒
（她愛上了別人所以
把整座城市化為灰燼）

——一九九九年二月·選自河童版《預約的幸福》

秋的詠歎

走在秋的樹林

我撿到一片歎息的葉子
它說，幸福總是擦肩而過
五節芒爆發一串串詩句
都市深巷廢土堆上
孩童 撥弄昨日埋藏的彈珠
仰望流雲
一架飛機劃破天幕而去
時間 原來都是向前的姿態
睡在秋的月光下
我被沁涼的露珠喚醒
它說 完美的句點也是幸福

——一九九九年九月二十四日．選自河童版《預約的幸福》

腥燥的雪繼續下著

——為張富貞、彭婉如、白曉燕三位女士而寫。彭案至今未破，尤為感慨

我還是躲起來
寫美美的詩比較好
那夜我夢見自己的裸體
被春天的響雷鞭打
S型的閃電
奪走我懷中的紙
我正在寫詩

我醒來

看見許多色彩
在夏日霪雨之後

我看見黃襯衫
走進綠色的房間
軍士用槍挺進月形的陰影
處女的血爲歷史釁鐘

我看見粉紅套裝
走進黃色的汽車
運將用刀在她光滑的頸背暴走
她臥倒在陰陽交界的午夜

然後是白
十七歲的白
被紅色廂型車載走
有人從車中吐出一口檳榔汁

記者錯把頭條貼在影劇版

我開始在秋天的樹林
找尋靈魂的碎片

在黑色的塑膠袋
我看見
在泥灰的草叢
我看見
在污臭的排水溝
我看見　缺了小指的
裸體的自己

我彎下腰去
撿取一枚醬紫色的腳趾
證明我
曾經來過

四季更迭　亞熱帶的島
六月、十二月、四月
都在下著腥燥的雪

我不再做夢
這雪，已經淹沒
我的雙膝、肚底、胸、肩
我已無處可躲
被麻繩綑綁的手不能寫詩
被膠布封纏的口不能喊叫
我的鼻我的眼我的耳……

我只剩下父親給的名字
刻在堅硬的
且字型石碑上

——二〇〇〇年三月八日・選自河童版《預約的幸福》

林燿德作品

林燿德

（1962～1996）

本名林耀德，福建廈門人。輔仁大學法律系財經法學組畢業。歷任《草根》詩刊編輯、《時報周刊》、《中華日報》、《自由時報》等多種媒體專欄作家及特約撰述。著有詩集《銀碗盛雪》、《一九九〇》、《不要驚動不要喚醒我所親愛》等，另有小說集、散文集、評論集等著作多種。曾獲七十四年度全國優秀青年詩人獎、中國時報文學獎新詩推薦獎、中國時報文學獎新詩評審獎、國家文藝獎散文獎。

一九九〇

潮汐的背面是古代的電路板
巨大骨骸上布滿細緻晶方
整座世界如此宏偉
要從我的頭蓋骨裏迸裂出來
無從阻撓　這些
獰笑的天使和福音

——一九九〇年一月一日．選自尚書版《一九九〇》

時間

——時間之一

透明的水晶方塊
時間，一個密接一個
疊砌我的四周
光彩迷濛
日月的殘影在它們的內部
徘徊　衝突　扭攪。
勾纏的弦月間，一個太陽
撞擊出一千個太陽，黑子逸散陰闇的光柱
透明的水晶方塊，時間
一個密接一個
不可扼止，繼續上升
一道道透明的牆，它們膨脹
或者縮小
封錮不住便尾隨我的足跡
輕盈飄移，如同
遺失質量的保麗龍片
往前走去，我曉得
人類的身高將不斷矮去

像退卻的潮
遠遠背對千孔萬穴
離開瘖瘂悲泣的陸地

都市焦茶色的天空流貫著
浮懸的巨川
透明的牆在朽葉色的雲層之外
遠方，視線所不及之處
宇宙中某個赤橙的斷層
靜靜釋放出成熟的石榴
往前走去，我再度看見曾經被山岳
阻隔的海，倒映著新生的星體

時間晶石，分裂生殖又互相吞噬
劃開彼此的空間，歲月激盪如液體
古代紫的柔幻光澤緩緩渦轉
一縷縷冰綠，金屬元素掙脫如浮升
的白沫，一枚枚閃爍的瞳孔睜亮
望回逆行的歷史，如同
瞻望倒置的未來。

往前走去，鋪滿銹桔梗的曠野中
玄祕的雕塑種植在鴿羽灰的天光間
變幻的雲展開了草莓的甜味
那是一尊無動於衷的女體
巨樹般的電纜連貫她的下肢
精緻得幾近殘酷的金屬迴路
盤繞在高聳的乳房上
沒有表情，她的手勢指向
半空中的一扇銅扉
門啓處，人類的前身蹲踞在
冰河深處的凍色中

至於妳，是我在某一個

時間水晶相遇的路人
，那時　在人群中
我孤獨地往前走去
周圍的臉孔被他們的主人
漂白成僵滯的面具。
一切的色彩匯聚在我的行動裡
穿越整街人整街櫥窗整街的空白
因爲喧鬧我解讀寧靜
因爲人類零亂蒸發的腳印
我懂得荒涼以及冷漠的快感
並且和妳擦身而過。
石墨墜落爲金剛鑽
日與夜的意義消失於晶石核心
沒有失落也沒有失望
我靜靜地向前走去
返回古代，在古代毀敗的前夕
同時又目睹了未來
在謊言更趨近眞相的時刻
我爲這個世界
貼上時間的封條
。

——一九九一年十一月·選自華文網版《林燿德佚文選Ⅲ》

月亮

柔和的光明隱匿著危機
朦朧月輪上雕刻著
永生的恐怖和不知名的魔魘
從無法想像的蒼白時代
便開始排洩那陰冷的悸動
死亡的鯨魚朝著她繼續泅泳
腐敗的龍蝦爲她站起溼漉漉的靈魂
還有變化爲豺狼的屍首

揮動剝裂的手掌
爲爬上海岸的甲蟲喝采

——一九九五年十月二日．選自華文網版《林燿德佚文選Ⅲ》

馬桶

不必否認，不論你是否想要競選總統
宿醉的夜晚你會遺失部分的生命
記憶被截斷前的最後一句話
依舊駐守在粉碎性骨折的裂口上
把那句被揉皺的話從額間撕下
然後你，一隻戴著厚重頭盔的三畸龍
已經遺失了語言的邏輯；而且
有股無形的力量
阻斷你向哺乳動物的面容繼續演化
你用厚重的頭顱頂開廁所厚重的門扉
冰涼的地磚將你和地球隔絕開來
然後你，環抱白磁的馬桶，試圖
想要從它的洞穴中窺視
這個世界的體腔是否和想像中一般虛無
然後你，看到了
一張蒼白　瞠視著你的臉孔
自地心深處飄浮而出

自地心深處飄浮而出
一張蒼白　瞠視著你的臉孔

你想不起來
這張臉孔　究竟和自己擁有什麼關聯
究竟擁有哪個世所不知或者
世所公認的名諱
然後你，一隻意識迷亂的古獸
用笨拙的雙臂

環抱那白磁的容器
將這張　陌生的臉孔
泡進馬桶沁涼的水面
感受　被灼燒的快意恩仇
簇擁的氣泡滑越焦臭的髮鬢
突穿了水面
充斥廁所狹窄的空間……
湧入食道和氣管的
是藍色馬桶清潔劑的酸味
那是猶如吞下一大湯匙WASABI
用鋼絲貫穿鼻孔的異常亢奮
這張臉，在深藍色的海洋中融化……

●超效ＬＡＳＤ潔垢配方

能和污垢迅速結合
每次沖水可將污垢沖洗乾淨
常保馬桶潔淨衛生

●高效濃縮配方

可均勻釋出藍色素
效果持續六～七周

●不沾手的水溶性網膜

可完全溶解於水中
不傷水箱零件
不留殘質

●強效殺菌劑成份

殺菌、除臭、芳香一次完成

●不含磷酸鹽

不污染環境

以上，是你從來沒有閱讀過的
馬桶清潔劑說明書
你曾經撕開軟質塑膠包裝外殼
將那有點黏手　有點驕傲　有點可惡的
藍色團塊
輕率地投擲到馬桶水箱裡頭
但是　現在你終於以身試法，感受到
界面活性劑、抗菌劑和廉價香精
釁集在排泄物上的黑色幽默吧？
它們和你肺泡中擠出的廢氣
愉悅地交媾　融合
升華　極樂　縹緲
旋入嘎嘎作響的抽風機口
當然，你不可以每天宿醉
有時候只是因爲猛然灌下一整瓶
咳嗽糖漿或者什麼複方甘草合劑之流的
一整瓶甜膩的藥水
祛痰鎮咳
並且滿足五個小時的微醺狀態
135ml的狂歡與神入
可待因的神奇功能
將夢與現實的畫面啣接
彷彿進入電動玩具的程式……
你將自己的容顏
倒映在馬桶的孔穴中
平靜的鏡面
浮現一個個各具特徵的女陰；喔，這令
你想起那些做爲女陰配件的臉孔
那些高潮時被慾念壓縮的五官
可是　你想不起她們的名字
環抱著馬桶
很想辨識卻無法辨識
很想嘔吐卻無法嘔吐

《芥子園畫譜》和《素女經》
只是同一回事兒
只是同一種因循的技巧
只是同一款肢體的遊戲

只是同一款肢體的遊戲
只是同一種因循的技巧
只是同一回事兒
馬桶和肉體
正統和異端
性交和自瀆
繪畫、書寫以及肢體的舒張

當然，身爲布爾喬亞階級
知識分子的你
不可以每天灌下五瓶咳嗽糖漿

一切宿醉的　迷幻的記憶
迅速在馬桶中沖刷無跡
包括那些意淫的對象
包括那些飽含甜味的嘔吐物
甚至包括那些多餘的妄想和臟器

當然，日常中你並不樂意將
自己的臉龐對著馬桶冥思
你清醒的時刻
會將雙腳均衡地踩上它圓滑的磁框
蹲踞在上頭
就像任何階級的人類後裔
就像一隻腔腸動物的變體新種
不，就像一隻更巨大的
腔腸動物的一具器官
或者零件

沒錯，你光著屁股
活似一隻拔光羽毛的鴿子
蹲踞在赤裸的白磁馬桶上頭
赤裸的白磁馬桶蹲踞在
彎彎曲曲的排水管上頭
這彎彎曲曲的排水管
又蹲踞在大廈排泄系統的上頭
整棟大廈的排水管又，又全部扭結爲一體
流進陰森森的陰溝
所有的陰溝
匯集到都市黝黯的底層

你所知覺的電腦網路
盜取了你想像力的羽翮
飛行在世界的每一個角落
張開虛幻的翅翼
終端機的螢幕上拍擊著新世紀的訊息

它的慾念環抱著你
它的感官撫慰著你
它的力量插入你的肉體
它的嘴脣貼緊你的嘴脣
但是它無法嗅覺
但是它無法蹲上馬桶
但是你不能在空中、水底、陸地上、
房間裡、光碟之外的任何場所
觸摸到它的肢體以及顫抖的性感帶
不過　你卻可以
在胯下的馬桶
聽聞人類的殘渣被捲入
巨大的廢墟循環系統的轟轟噪音
或者　將耳朵貼附在
靜夜的大廈牆壁前，你
也能夠感受到隱匿厚壁的管路中
腥臭的悸動。是的

那些新陳代謝的證據
那些日常、刻板、無聊的排泄
那些富有滋味的
　　秘密行動

蹲踞在馬桶上
你這，自以爲是鴿子
的悲慘動物
沒錯，像一隻更巨大的
腔腸動物的一具器官
或者零件
這座城市才是一隻眞正的有機體
數以百萬計的白瓷口器
伸露在不同的廁所中
以神奇的理性吸引著你的意志
它們早已光裸早已擺好姿勢
不需褪下裙裾

只是，你是否和我一樣憂慮
萬一萬一，不小心將靈魂
排泄到黑黯的城市地層……
即使如此，親愛的你認爲
又會有啥結果？

也許也不會獵取到什麼「神曲震撼」
在哪兒，誰也不會發現
比人間更容易腐敗的事物
只是，你可能和我相同
在腹瀉和便秘之間
唯一冥想的焦點，不是
如何消化薛摩斯・韓奈的愛爾蘭白薯
唯一冥想的焦點，不是
如何咀嚼台灣黃薯
唯一冥想的焦點，只是

向上帝不斷祈禱著神的恩寵
只要求那象徵健康的
軟硬適中並且不黑不白
結實而充滿彈性
秀色可餐的
金黃色糞便掉落馬桶

蹲踞在馬桶上
即使你不酗酒也不亂灌咳嗽糖漿
特別是在便秘的神聖時刻
你總期盼在咒罵任何神聖事物之前
能夠將昨日的自己釋放到
今日的自己之外
但也因此，你容易
變成一個憤世嫉俗的
過氣的犬儒主義者
維持著幾千年來

所謂哲學家專用的愚蠢體姿
儘管在馬桶上的冥思時刻
你沒有必要開口

你沒有必要開口
甚至，還得點一支MILD SEVEN
來掩蓋自己眞正的味道

——一九九六年一月・選自華文網版《林燿德佚文選Ⅲ》

奎澤石頭作品

奎澤石頭

本名石計生。安徽宿松人，1962年生。台灣大學經濟學學士、政治大學社會學碩士、美國伊利諾大學芝加哥分校社會學博士。現任東吳大學社會系教授。著有詩集《在芝加哥的微光中》、《海底開滿了花》、《時光飛逝》，理論研究《藝術與社會：閱讀班雅明的美學啓迪》，另有詩學評論等作品多種。曾獲台大文學新詩獎等。

素書樓三疊

忘不了的人和事才是我們的眞生命

——錢穆

1

羽毛般重，可以攜帶的紀念館
空洞樓廊適合鏡頭捕捉的
超現實，多重曝光搭建一種距離
作品是4乘6吋的明信片
一式六張，定格，典型
在夙昔的溫情與敬意

實心石階層層上昇指引
葉紅似血的手植之楓依舊
迎風針砭，谿壑城郭日漸
傾斜，藤椅坐望
變色風雲掃蕩尊嚴
不飄零，用你的極目

2

七弦竹參天昂首，黃翰
青絲，是不爲人知的熱淚
反潮流每個環節悉心圈點
深入根系直接通馭翠綠
煙斗敲擊，虛懷用心，滿庭
書空咄咄的超越

然後是青松常在，窗櫺
前方針葉氣定神閒
吸納西來的雨露簡單
活著，乾涸時代，猶能
即之也溫自由下種，小苗

一盆栽，等待
繼起的深耕

3

正在紀錄的世界沒有
救贖，向陽的花朵偃去的
二十三年，你的勁草饒富希望
挺立，溪水漲跌幾度春秋如何
發現一種愛，不假思索
參於天地之間

胼手開啓的
路不是用來瞻仰
而是行走，師承或
未嘗謀面也好，因爲
那必然是不拘形跡
書齋傳遞義勇的徵召，跨江
渡海，翻閱與起灶
烹煮消化字裏行間的
精神性，多義的樓廊
疏影波光浮映故居點點
滴滴，無非是中氣十足的
體儒用莊，胝足栽植
蓊鬱的一切功不唐捐

即使城郭常雨，這樣的
琴韻悠揚屬於堅持的松竹
虔誠的香點燃，追憶
一句士志於道的繚繞，
空洞樓廊，來去之間適合
足下經驗的滿載乘桴
遊於海，只允許的浪頭
日夜來襲

——二〇〇二年八月二日

無生道場

1

所見碧波萬頃拍岸聲聲遙遠
所見四十載如一日結網的輪迴
所見臥佛油燈未盡擊鼓身影虔誠枉然
所見山的本色壺底一盅夜歸巖下睡
所見參禮功能金碧輝煌朝辭多義的彩雲間
所見骨塔對岸聲聲側耳定靜入座
所見本來的僧人路過不應建立
所見道場無影既然無生
所見碧波萬頃拍岸聲聲遙遠

2

所見烙印的足跡無所從來亦無所去
所見燈火闌珊苦行的廢墟堪忍安住
所見雨燕東渡低迴正殿吱啁迎向晨曦
所見往來漁舟撒網情願的癡愚
所見光照石階枯瘦獨自刺杜密花
所見梵唱墜入塵心琴瑟和鳴引磬出定
所見追逐重天稍縱即逝一彩虹
所見雪雹棒喝膜拜四方過於沈重
所見餘香飄移的落羽風向指向濱海
所見蛇虺魍魎酷暑煎熬無非蒼生何辜
所見掌舵海中天有怎樣的過眼雲煙
所見一切有爲法揮別如夢幻泡影
所見本來的僧人路過不應建立
所見道場無影既然無生
所見烙印的足跡無所從來亦無所去

3

所見巖層疊巒輝映霧起的飛簷

所見灰褐僧袍揮別合十具相落於
所見高過肩頭的五節芒蹤跡杳然
所見塵囂揚起金剛愛無生法忍
所見迷途問津多餘終究得問自己
所見鷗鴉離散低迴暗啞的夜半鐘聲
所見搶食狼籍杯盤中餐開始欠溫飽
所見眾口鑠金淪亡一個美麗之島
所見塵囂揚起無生法忍金剛愛
所見本來的僧人路過不應建立
所見道場無影既然皆是惡舉手動念
所見有情覺悟自由繫於如虛空觀諸世界
所見巖層疊巒輝映霧起的飛簷
所見灰褐僧袍揮別合十落於具相
所見高過肩頭的五節芒蹤跡杳然

4

所見褐雲瀰漫仰望似曾相識心在何方
所見截彎取直的川流靦靦招呼故里
所見行囊布衣極目倉皇的尋覓
所見一抹陰影所有枯枝雨漫勞燕皆分飛
所見秋天的顏色提早造訪翠綠的忐忑
所見挾持甚大的漩渦襲擊天旋地轉
所見經書碎裂無神論的塵囂裝飾空洞
所見錦衣醉臥守分的世代無力回天
所見田疇千萬心有所主養諸有情有如地
所見浮雲過眼忘不了的寂寞身後事
所見猶疑的懸浮粒子聚合自西徂東
所見褐雲瀰漫仰望似曾相識心在何方
所見最後的詩句題贈落日餘暉無名
所見布衣內繫白花遍灑世間不著猶如風
所見斷訊的滄海托缽雨露一生給陌生人愛
所見海市蜃樓道場非道場消逝的彩虹
所見菩提葉落龜裂樹皮闔上一葉傳說扁舟
所見本來的僧人路過不應建立
所見無所見的時代末法與否一笑置之

——二〇〇二年八月十三日

和平港畔不遠處的黃牛、星星、與旅人

咀嚼著青青草野的綠意你在那裡剛好仰頭看著我啦
一列橘紅色彩的自強號車窗中隨意瀏覽著的眼神慶幸
可以逃離，北方大城令人喘不過氣來的左支右絀　我想
問問你，粗厚沈重的麻繩拴住的脖子疼不疼呢在東部
這裡人們只會經過不曾佇足的小站我的離開面對你的守候

「我們誰是眞正自由的呢？」

星星躺在太平洋上和著漁船豐收的歌聲享受日光浴，此起
彼落眨著眼睛在大山阻絕見面的視野前高聲對我們道離別
說再來看我啊說旅行的人沒有停雲歇止的權利山洞穿越
和平港，灰濛濛的灣岸許多轎車承載著北方允諾的
所謂的幸福侷促青草於所剩無幾的田野期待夜空中的高昇
這裡人們只會經過不曾佇足的小站你的離開面對我的守候

「我們誰是眞正自由的呢？」

旅次的行囊隨雨翻閱著我的詩集裡對你們的懷念
花蓮的風颩起行人寬鬆的黑衣夜空裡乾涸的仰望
欷噓中說愛在離別遊子復歸邦鄉時依著水的方向總能得見
沈淪的火球輝映星斗滿天與夫粗厚麻繩所繫的身影認眞咀嚼
偶遇的故事以天地爲棟宇的我的心在海的深處與你們同在

——二〇〇一年・選自唐山版《海底開滿了花》

白家華作品

白家華

祖籍貴州，台灣桃園人，1963年生，逢甲大學企管系畢業、政治大學教育學分班結業。曾任台北耕莘青年寫作會理事、河童出版社總編輯等。著有詩集《歌王集》、《和鳴集》、《頌歌集》、《誠意集》等。曾獲吳濁流新詩獎、台灣新聞報西子灣副刊新詩獎等。

曬衣

整片的窗外風景
我的衣服只占小小一角
連袂，在竹竿上手牽手
風來，他們才順勢飄舞
舞罷風過，又恢復靜姿
直到下一陣風又來邀請

謙卑垂掛，一件件素色不惹眼的
單薄舞者
皆是我的體型輕盈
（遺傳自母親，瘦的身材
　嬌小，適於在生活的細縫中
　鑽進鑽出。）
有一雙硬挺的肩胛骨
和一付不厚實但堅毅的胸背
構成韌性的上半身
不太容易倒下，恆有一股什麼
像此時貫穿胸膛的竹竿
撐持瘦頎的我挺立
得自母親，這些體型特徵
還有慣用的曬衣手法
（將盆裡揉縐的，取出
　緊緊擰乾，空中拍撲
　垂掛後，充分攤開、撫平
　整個胸膛坦蕩蕩地，讓陽光
　做最後的熨型。）
這日日年年、陽光下兒時記憶
成了如今不改的習慣和態度：
一切都是可以撫平的，像曬衣
像鈕釦可以鬆解，快乾……

乾化後，風中
我的體型謙卑垂掛，更輕盈了
衣質上的汗水
意外的血、偶而的淚
都洗淨了，潔白蓬鬆
可在生活中舒適地穿上，平平整整
繼續過活

——原載一九九〇年三月《創世紀》七十八期

橋

當工人們將橋造好，正收拾他們的工具時
聽見身前身後喧嘩著什麼聲音，他們不約
而同伸長脖子看見河岸兩邊的風景經長久
分隔此時正熱絡地交談起來；

日後，遂有女童走過而長成熟媚的女人，
遂有女人走過而衰老成白髮婦；
遂有陌生人在橋上相遇而成知己，遂有多
年知交在此分袂而成陌路；
遂有夫婦從兩頭擦肩而過就此分手留下無
所依恃的孩子們在橋上漸濃的夜色裡哭
泣；
遂有失散多年的手足骨肉在此重逢團圓；
遂有戰亂在兩端分頭進展，遂有和平之約
在橋上幾度會談達成協議；
遂有人一蹶不振，亦有人跌倒了爬起來；
遂有……在這座日漸風化斑剝的橋上發生
與結束；

走過這橋的最後那人，順手把它拆了，看
看空無一物的河的上面能夠
發生什麼？兩邊的風景因而再度沉寂了。

——一九九三年七月．選自鴻泰版《蟬與曇花》

猶是一塵不染的
世界
已有人開始踩踏

——原載一九九三年九月《台灣詩學季刊》第四期

早餐

我坐到餐桌旁
半睡未醒的世界
揉著眼睛，惺惺忪忪
也圍攏過來
我們開始用餐，零零星星
嚥進夜色猶濃的體內
天空因爲能量的獲得
逐漸變得亮白

窗外，一隻早起的松鼠
啃著果實餵自己
打嗝之後
太陽才從囓齒狀的山頭慵懶昇起
照亮毛茸茸的森林

小徑

喜歡經由小徑回家，它的盡頭是一支老舊
的煙囪，看見煙囪，也就看見屋裡融融的
燈火，我的家人在燈火中走動或靜坐，走
完小徑，也就敲得到家的大門

遇見過路的蒲公英，我伸出手掌，它們總
是乘坐氣流飄走了，我的手掌追到遠方，
觸碰到夕陽的餘溫，歸鳥們躲過我的手臂
回到巢內，我的雙腳仍站在小徑的碎石
上，若是黃昏，我的腳下響起蟲聲

小野菊令我愛憐，它們在風中搖擺它們的語言。路旁散佈著小動物的屎粒，我才知道小徑的過客並不少，飛的、飄浮的、輻射的、奔躍的過客們，都和我採取相同的回家的路。我在小徑上吹口哨、思考。小徑沒有名字，它也不在地圖的標示上。我在小徑上常遇見一些回家或正要出外的人，那些人不是鄰居就是我心愛的家人。

——一九九六年四月．選自鴻泰版《蟬與曇花》

蟬

踩到一隻蟬的死屍
剝的一聲
身後追趕而來的秋天就更近了
回家的路也因冷而陡斜起來

長年以來埋藏著的壯志雄心
遂如千萬隻螳螂應聲甦醒過來
費力爬行
躍躍揮舞牠們急欲一試的身手

想必四野噤默的蟬
入定後仍感知了我這危險的蛻變
紛紛化做一陣陣的風聲走告
避我而去
遁到即將全黑的夜色之外

直至半夜
才發現牠們這次隱身之處
就在我燈下翻開的這本書的陰影裡
從佔據的每一顆鉛字再次飛身離去
留下怔忡的我親眼目睹
每一張書頁似被勾起曾爲樹葉的記憶

對著我滿臉的蕭瑟
相繼又枯萎一次

——一九九六年四月・選自鴻泰版《蟬與曇花》

月出如鏡

今晚的月亮
祇圓了一半
摘下來磨亮，充做鏡子
祇夠照見臉的半邊

將就著使用吧
先看左臉
眉梢底下，是否
又增添了魚尾紋？
再看右頰
伊人最疼惜的酒窩
是否仍如當年那樣深？
最後想垂下額頭
看看我少年的華髮
在鄉愁與憂國的交逼之下
又早生了幾縷？

看完後
再把它掛回夜空
在星星稀少的那一面
等待圓滿

——一九九六年四月・選自鴻泰版《蟬與曇花》

羅任玲作品

羅任玲

廣東大埔人，1963年生，台灣師範大學國文所碩士。曾任中央日報副刊中心組長，現任教職。《地平線》、《曼陀羅》詩社發起人之一。著有詩集《密碼》、《逆光飛行》，散文集《光之留顏》、《雪色》，學術論文《現代詩中的「自然」論》等。曾兩度獲得梁實秋文學獎散文獎，行政院文化建設委員會獎助出版，耕莘寫作會傑出會員獎，澎湖縣縣歌徵詞第一名，師大文學獎新詩首獎等。

巫者

天使在下
魔王在上
永恆與你
都在中間

坐在寂靜的空屋裡數算魔法
憂鬱的阿契斯特
或者腐爛的恆河小瓶
四千種靈魂
在光影模糊的夜裡起舞
（那就是詩了。你說，）
起初只是凝固的寓言
聚集成塊狀的夢魘

在流向天空時瞬間爆裂
傾軋彼此靈魂的魔咒呵
何時會讓生還的舞鞋
不再作夢，或者，不再逃離
（那是後來，魔法的事了）

安靜的阿契斯特
靜靜睡吧
夢會流過你的中趾
黎明來到前
不要點燈
魔王與天使的舞鞋
會燃起
熊熊
淚光

——一九九〇年十一月二十五日·選自麥田版《逆光飛行》

九月

——紀念張愛玲

坐在黑黑的秋天裡
想像蜘蛛結網
那些隱晦的時光字語
如雨聲滴流

形而上的一首詩
回不去的蟹足
月光從鐘擺滴落
只是輕聲走過了
桌上的一支羽毛筆

九月黑夜的安靜

——一九九五年十月一日・選自麥田版《逆光飛行》

下午

在陰暗的花園裡
裝置皮筏救生圈
被沉默層層包圍
蔭涼的陽光後面
有誰埋下誓詞
軟綠潮濕一如往昔

走上彩虹的背影
唱一支歌
讓雪花紛紛斷了線
像許多細小淒美的風箏
「沒事了」

有誰說　音樂　吃一小塊烘餅

光陰乘著死亡來去
像雨水一樣簡單
像無事的一個下午
誰靜靜
發現了夢

——一九九六年一月十七日·選自麥田版《逆光飛行》

鼠

我是風
是影子裡流浪的一把刀
首尾尖利
是雲朵間顛躓的字眼
終日尋索污濁的眼神愉悅的光
我是鏡面
小心踩著臨鏡時觸及的

一小撮命運
是飛行
飛行背後的一個死結
是相片裡忍耐的火
是發黃口袋裡的一畝水田
是雨
刻意隱藏的芬芳
彎曲之小河

是一再跳躍的影像
是無處不在的
旅人的皮箱
是童年穿過腳印的位置
是雪花
一再燃燒
是跟著新年歡喜流淚奔跑
你不得不畏懼的

一朵凝結之
詩

——一九九六年三月五日・選自麥田版《逆光飛行》

逆光飛行

我們的夢
一百萬次逆光飛行後
終於在寶藍的夜空下相遇
你的列車微雨
而我的，正滂沱
誰在雨中喃喃背誦單字
fade, faint, fatuous
當時光蓄意模糊了一切
記憶從蔓草荒煙一路退後再，退後
加速的輪軸與芬芳都
轟然遠去
誰依舊安靜坐著
閱讀潮濕氣味的晚報
讓世界沉默且錯身而過
夜色高架
夢境無人駕駛
祕密的椅背上
你是否終於看見了
那年鏤刻的月光

——一九九六年三月二十日・選自麥田版《逆光飛行》

醒著的兩首詩

銀杏

蔭涼的抽屜裡
那人的照片靜靜睡去
唱起歌來

無法記憶的
沉默，以及沉默的背面
醒著，以及醒著的流言
都簇擁而來

在黝暗的眉心
開著
一枚秋天的銀杏

果園

然後影子們落下來
巨大的粗糙的火
在黃昏四周
鑲上黑邊
溫暖的臉埋入昨日
鐵鏽的夢裡

炊煙燃燒起來
關於一生的夢

掉落地上的鐘擺
果子一般醒著，果子一般睡著的
不知名的頭顱

——一九九六年八月二十日・選自麥田版《逆光飛行》

月光廢墟

被海遺忘的一個字
暈黃地
懸在時間之下
其上是更為暈黃的
一個月亮

被寂靜追逐的
我的童年
像風帆一樣
慢慢跑著
終於越過了雲霧
來到昏暗的家

那時煤油爐正嗶啵響著
母親喚我回去
秋夜的樹叢
有什麼安靜棲止
「是一面鏡子啊」
低下頭的我
只看見時間的陰影
微微　笑著

多年後
我才知道
那是月光的廢墟
孩子們撿拾了碎片
就再也無法回答
遠方的呼喚

而被海遺忘的母親終
於忘了我的小名
無人的果園裡
有誰仍在低頭探問
光陰的蹤跡

——一九九九年十二月十四日

鴻鴻作品

鴻　鴻

本名閻鴻亞。台灣台南人，1964年生，國立藝術學院藝術系畢業。曾任《表演藝術雜誌》、《現代詩》主編，近二十餘齣劇場、歌劇、舞蹈、及三部電影之導演，現為密獵者劇團策劃、導演。著有詩集《與我無關的東西》、《在旅行中回憶上一次旅行》、《黑暗中的音樂》等，另有散文、小說、評論、劇本等著作多部。曾獲中國時報文學獎及聯合報文學獎新詩首獎等。

一滴果汁滴落

一滴果汁滴落在
我正在讀著的詩上
我沒有立即擦拭；
慢慢暈開了
這一行的氣味，韻律，情緒綿長。
一滴果汁滴落，落在
一位遠方詩人新成的詩作，
他曾在無知的年少下放
到更遠的遠方做鍋爐工、煤爐工、車間操作
在那兒認識了漂鳥草葉和只存在夢裡的姑娘
入獄，平反，突然又被派去管理倉庫，投閒置散
這一切都沒有人在意；
四十七歲的某一天，窗外的櫻花開了
他想起幼年的小巷，通往那
內心幽深盡頭的海洋，記憶陽光一樣射入
牆面的塗鴉，多麼像一首精心安排的詩，乘風
飛過
海洋，降落在我的書桌上
我喝著果汁，心不在焉地
等著夏天過去。童年的夏季
我偷過母親的錢筒打過哥哥欺騙過老師
長大後的某一天，忽然發現自己還愛著一個以上的女子，於是開始寫詩
長大後的哥哥教我，喝完鋁箔包
要把它壓扁，減少地球負荷的垃圾
也算是救贖人類的罪惡吧
我順手一擠，一滴殘餘的果汁

濺落在詩人的小巷裡。一滴
果汁，誰知道它來自
遙遠的南非還是哪裡？它在果園內
聽不見外面的示威，抗爭，歧視，也沒有
人在意過
這麼一顆陰暗的果子。
它無所謂地生長
無所謂地被擠壓封藏
又無所謂地
滴落；
或是滿懷盼望地成長
痛楚地被擠壓，而後
憂傷地滴落——
沒錯，這些不過是詩人任意的猜測
我們無以憑藉
只有它最後的芬芳
和顏色，鮮明
鵝黃，凝固在一首詩上
當手輕撫，光滑的紙面
完全無法顯示它和那些字跡的存在
然而又如此觸目，彷彿
爲了證明回憶的堅定，飽滿
香馥，甚至帶有甜意
沒有人會誤會
它是一滴淚水。

——一九九三年．選自唐山版《在旅行中回憶上一次旅行》

花蓮讚美詩

感謝上帝賜與我們不配享有的事物：
花蓮的山。夏天傍晚七點的藍。
深沉的睡眠。時速100公里急轉
所見傾斜的海面。愛
與罪。祂的不義。

你的美。

——一九九三年·選自唐山版《在旅行中回憶上一次旅行》

我也會說我的語言

我也會說我的語言
並任它引導我穿入這個世界
認識飢餓
和媽媽，寒冷
和襪子，以及唇
和吻的關聯。語言爲我指出
小阿姨走過的味道，叫做
香，蚊子侵襲過的感覺
既痛又癢，而每天一早走進學校的茫然
是忍耐和成長。我的語言
親密而甜。像地下室隱藏的
一把不存在的小提琴，紀念冊裡
一張因放大而模糊的相片
每個哭醒過來的夜晚，一彎舊時明月那般
明淨美好的
我的語言。

我也會說我的語言
用它來抵禦或歌唱
僭越我生存的職權。
它提醒我繞過
積水的紅磚道，替我遮蔽眼前
工程的凌亂喧鬧。用它
我在凹凸不平的路面暢行無阻
用它塗鴉，在新漆好的牆上，
報紙空白的地方。用它誘惑昨天認識的女
孩
在狹小的車內艱難地做愛。
時而激昂時而溫順，時而沉默卻顯得咄咄

逼人
我的語言，它攙扶我，好讓我拖著衰弱的
　病軀
指引別人。
在日益淺濁卻永不枯竭的河道間
學習如何搭橋如何離開，學會
儘量不和它獨處，以免陷入尷尬，像一對
嫻熟於並肩出擊的盜賊或警員，我們
偶爾意見不合，或遲疑不決，比如
一陣飄過街頭的煙
該讚賞該斥責？或只是
背轉身去，吐出另一陣煙

我也會說我的語言
但是你說得更好。
在電視上在廣場上，在洶湧激盪的海峽
此岸彼岸，數不清的人共同說著

啊，令人暈眩，這熟悉的語言。
通過四通八達的電腦網路，水晶球
映射出來的原形，沒有觸感沒有溫度
沒有形體只有形象——一個
歡迎的手勢，一個微笑。
走過銀行、政府和便利商店，幽暗的
玻璃窗前，我看見自己也正
微笑著。很好。然而我累了
我坐在路邊，解開鞋帶
脫下一隻鞋，然後，脫下了襪子
趾間的汗接觸空氣，擦撞出一絲臭味
這微微發脹的腳掌，踩上了
粗礪的柏油瀝青，越來越強的熱度
像是從地底深處湧出：重新
我相逢初識一般的語言。路燈光下
揚起了小提琴聲。就用
這隻赤裸的腳

我伸出路面，等待攔截
那轉彎衝過來的砂石車

——一九九六年·選自唐山版《與我無關的東西》

佔領區

——給巴勒斯坦、庫德斯坦，及所有在自己的土地上流亡的人民

海洋佔據地圖
地圖佔據窗戶
窗戶佔據了房間
收音機佔據桌面
魚和餅佔據桌面
聲響佔據了房間
思想的咖啡香將衣服纏繞
衣服抵禦冷氣
冷氣佔據了房間

時間佔據等待
等待佔據黑暗
黑暗佔據了房間

房間裡的寵物
房間裡的被單
房間裡的黑暗在光中閃爍

走出房間
如何面對
田裡日益增長的石頭？

——一九九八年·選自唐山版《與我無關的東西》

Les Feuilles Mortes

死去的葉子
搔刮著昨天的陽台

大提琴一整夜
刷洗著車窗

計算中掉落的數字
爬出了門縫溜走

對已經去了遠方的風雨
屋子用整個胸腔共鳴

註：
Les Feuilles Mortes（枯葉）為法語著名情歌，原作者為詩人Jacques Prévert。

——一九九九年．選自唐山版《與我無關的東西》

李進文作品

詩卷

李進文

高雄市人，1965年生，逢甲大學統計系畢業。曾任編輯、記者，現任明日工作室總編輯。著有詩集《一枚西班牙錢幣的自助旅行》、《不可能；可能》等；曾獲全國學生文學獎、中國時報文學獎、聯合報文學獎、中央日報文學獎、台灣文學獎等詩獎。

記者

你把青春全部寫成新聞但沒人讀
你發完稿子走開時
家就在遠處黑下來，但你沒有煩惱。
你走開卻引起一陣桌椅和鍵盤的討論
碎瓷般的討論很快就安靜。人們
繼續過人們的日子，你記錄
沒有明天的歷史

你趕路採訪，腿在催你，冷風推你
你用攝影機刨開自己，鍵盤在數日曆
每天不忘找尋那些老樹下的少年，那些回
憶
座標上最沉悶的島嶼。

你拿圖釘把自己釘在政治話題
所有的人都看見月色剔著你
沉默不語。當人群離開
你開始描寫他們的香味
或腐爛的旅行

寫成新聞。
孤獨在你的體內構思
那些燙的，冰的，鋼製或水做的眼珠
在你的體內旅行，直到
你被日復一日的稿子發完

——一九九七年五月．選自爾雅版《一枚西班牙錢幣的自助旅行》

結婚禱詞

祈禱紅色系都有反面的定義。
祈禱慶典將自己吹熄，像一支燭

在黑暗中回憶。
祈禱簽名簿被意外寫下初戀者的小名。
祈禱今晚我們掏空之後還樂於爲彼此填
　滿。
祈禱某種海鮮或肉類聽懂宴會上的詩歌朗
　誦
那些詩歌必因腐味而流傳。
祈禱樂隊是我的母親，只有她懂得什麼叫
　祝福。
祈禱窮人來鬧場，讓愛人了解暴力之美。
祈禱我揹得動上萬噸善意或惡意的眼神
至少，能有氣力敲碎它。
祈禱人們日後參加我的喪禮
如同婚禮一樣攜家帶眷。
祈禱人們離開後隨手把掛在衣架上的寂寞
　取走。
祈禱喝醉的人們別將我嘔吐在半路上。
祈禱，祈禱美好的婚禮與幸福有關。

——一九九九年十二月・選自爾雅版《不可能：可能》

對母親的看法

打瞌睡的客廳不會吵她，只有正午
當寂靜爲她拭汗，驚醒
幾曲沙發老彈簧
掛鐘滴答、滴答，而她
醒來之前還有一輩子的回憶要洗要刷
還有叮嚀，乾乾癟癟地晾在嘴角

陷入沙發的側面像船吃水
歲月撞壞一些，愛也苔鏽一些，儘管
找到體內的舊石器修補，再不能
回復啓般時陽光歡呼
海與酒渦跳舞

能給的，她都卸貨了
整個空掉的母親留給故鄉

故鄉老是擱淺著各式各樣的母親

她不虧欠什麼
但她愛的方式像債台高築

她可以不築巢或穴居，像天使飄浮
且住在飛翔裡

但羽翅全扯下織成被單
天曉得孩子和夢一樣愈大愈怕冷

她沒去過我就讀的任何一所學校
是我忘了邀請
或者她唯一只想拜訪我的心

她不讀詩，其實不識字
然而字脫帽向她敬禮，當她努力
將黑髮寫成風霜——卻靦腆抱歉說：
一封家書罷了，天曉得……

她從未在我入睡前講故事
她的故事，總像是剛出爐的熱麵包或苦難
不好講而只能親口嘗

我對她的看法並不準確
因爲，我離家眞的太遠太遠了
唯時光滴答、滴答埋伏老沙發，準確
擊中她的鬢髮

——原載二〇〇一年八月·選自爾雅版《不可能：可能》

政治四章

1 創世紀

星期三你應邀去五個地方
剪綵和致辭。星期四
人生大致如此：你背誦一千個名字。
你的微笑綻放，從春天到冬季
一朵永恆的塑膠花。
星期五的天空嫁給一群鳥兒……
你開車赴宴，撞入空洞的魚眼。
星期六上帝造人，同個德性。
星期日不打烊，你去三個喪禮練習哭。
星期一太陽出來，你還活著。
你和世界一起憂鬱，星期二
站在地平線雙眼迷離。

星期三早晨，刮鬍刀失手
紅了鏡子一臉的謊言。你走回臥室
妻子在睡，孩子已經上學。
你突然在密密麻麻的行事例
翻找陳屍許久的祈禱日。

2 純情者

這個人還穿著不合身的衣服嗎？
昨天又活過來的這個人
未繫領帶，未染髮
他散發夢，延著選舉的邊界
延著已經民主了的禿頂。
他喜歡談起以前種種——
那草莽的氣味像狩獵後的一絲疲憊
他在別人的談話間睡了一覺
一旦清醒，他的拳頭堅實
如那年的地下組織。

有一個人離開，會場上
許多人跟著離開了。
這個人習慣面對孤獨的口沫，至少
他聽見——自己，像窗外
那棵老樹沙啞的歌聲
許多人，連自己都聽不見自己。
許多人以犀利的眼睛切斷
一個時代，且吹著
陰險的口哨離開，他們也是行動者
動嘴，或動心機
或催著地球轉動：一天滾過一天。
這個人，卻杵立在新石器時代

3 愛國者

她派遣綠的、藍的
小老鼠，以及黃或橘的
其他鳥顏色，偷偷
在我的左臂打個勾
今晚會來盜取？
我是她靈魂靠岸的島嶼

有時她在我的額頭
打個叉，就兔子般跳開
擦不掉像宿命

她在詩中宣揚愛
不一定愛我。那麼愛誰？
「不清楚！」她說
「所以才不斷地寫情詩」

她的情詩不壞
尤其寫我，反覆採用
不同的筆名和意識型態
她，其實人也不壞

儘管不懂愛

4 不談政治

他不說話：就是好話。
兩指間挺起的香菸很憂傷，當他
不說話，一排聖潔的母語叮咚搖晃。
道德罰站，在遠方
遠方的雲像神祕的鐐銬。
他走入禁菸區放屁，終於他走入
別人的身體
議事廳堆滿腐爛的冷氣
慈悲們延著筆直的法律散步
語彙恰似嫌疑犯
他的微笑多得像預算，他的愛
也會累，因爲，必須嘶吼你才懂。
今天不談，政治！突然風溼，牙痛
突然歐巴桑對他不太尊重
他在誰的身體洗淨自己？
他發誓不騷擾這世界。打算隱居
專注於數星星和種雛菊，他說
生命卑微如一句口號。他不說話——
卻叫世界從此感到內疚和無聊

——一九九八年十月．選自爾雅版《不可能：可能》

羅葉作品

羅　葉

本名羅元輔。台灣宜蘭人，1965年生，台灣大學社會系畢業。曾任職於《新新聞周刊》、《自立晚報》等媒體，著有詩集《病愛與救贖》、《對你的感覺》、《禪的發芽》等；以及散文集、小說集多部。曾獲聯合報新詩大獎、中國時報新詩評審獎、教育部文藝創作獎第二名等。

我；的病

——腎臟超音波檢查獲悉罹患
多囊腎

當掃瞄器徐徐航行過不安的腰際
超音波陸續從腹腔帶回消息
潛藏的疑懼終於像龍魚幽幽浮現
擱淺在那電腦螢幕裡——
「那看似銀河系大小黑洞的
正是一顆顆水泡，」醫師像在賞析著
某幅名畫：「非常典型之多囊腎
遺傳性疾病，無藥可醫。」
專業的遺憾為我預言
前途將是腎功能顛簸崎嶇
生命漸向尿毒症傾斜

沿路風景還包括：高血壓
　腦血管瘤、中風癱瘓……

彷彿解開了某種身世之謎
那病根已在體內默默住上三十多年
多像一位無從驅離的室友啊！
親密而威脅地貼身伴隨
如病歷表，完整映照出
我的身　我的器官　我破裂的腦血管
是怎麼回事，我是怎麼一回事：
造物以幻滅來印證存在
光亮需要巨大的黑暗為它照明——
生命彷彿才開始而世界像一場確定的病
在前方某個不確定的時點上
等候著，等我帶領剩餘的自己
迎向前去……

尋　屋

我的屋子失蹤了。就在那個午後
當我尾隨百萬上班族湍越台北街頭
倏忽想起生活漂泊，想起那屋子
堅固的溫柔，它竟廢煙般沿路散失著……
我驅車前進而思緒後退，退得老遠
在反方向捕捉那輪廓：年齡二十左右
身高四米稍矮、心寬十坪略胖
氣質上雌雄同體而傾向
母性，包容我如回到了子宮……
失神耽想著，背脊已悄悄啓程
探尋合身的床板，臀部也想擁有自己
專屬的馬桶：必要之臭，逼索我如
一滴汗，墜入車流，氤氳中昇起那屋子

海市蜃樓的承諾（聽似妻聲兒語
溫馨滿室的小木屋，又像清歌獨吟
素樸一幢透天厝）觸手　可及
卻無從捉摸——彷彿一張預售屋
藍圖，待我架骨、造膚、輸血
挹精注氣始能確定她的脈動
而妊娠遠在時空盡頭……懷胎的我
不知她性格是否冬暖夏涼、心思通不通風
有沒有閒情似庭院、藏書如閣樓？
我祇能載著寂寞與匱乏繼續趕路
雙腳因此不告而別，十指隨後
各奔西東，七嘴八舌物色著巷弄
汗流浹背的衣褲更是急急飛往各門戶
渴望沖個涼水澡，嫁給晾衣竿安享快活
唯我不知千巷萬弄中的哪扇門
願以這姓氏為她命名？

如此我繼續湧入漲潮的車流
淼淼中見那屋子紛紛漂來：這是籬笆
信箱、爽朗的陽台這是牆壁、鞋櫃
健談的客廳……我連忙撈取
張望著：有無一鍋熱飯、半壺清茶
一棵樹影幾叢花？會不會舊水龍頭滴答
滴答像時鐘？要不要一床愛情、兩艘搖椅
整座電話裡隱居著故友？另留一盞燈
在荒蕪裡照明，甚至一對燭火
掩映那木桌上神龕前陶罈中的我？
然後是眼睛相偕出走，化爲窗口
採光，嘴巴變作大門、門上的鎖孔
耳朵響成風鈴，鼻管嫋嫋囪煙……
肉體們終於分批撤離，在那屋子裡
聚集、且等候：車流退潮。苦海
浪盡。失去洶湧的我忘了自己

爲何奔波，有如迷入古老的迴廊——
淒淒月影，幽幽黎明，夕照著
一身藤蔓——那亦凋亦苞的野花
便是我血脈流域曾經氾濫
終未癒合的傷口

——一九九五年·選自元尊文化版《對你的感覺》

取；捨

只要伴侶
不要配偶
只要情慾
不要親暱
只要感官
不要感動
只要生活費
不要在一起生活

如今他們紛紛找到了自我

只要房子
不要家　或者
只要家
不要家庭　或者
只要家庭
不要家累　或者
如今他們紛紛找到了自我

只要時鐘
不要時間
只要辛辣
不要辛酸
只要智商
不要智慧
只要花俏
不要花香
如今他們紛紛找到了自我

只要職權
不要職責
只要尊稱
不要尊敬
只要視力
不要視野
只要嘰哩呱啦的意見
不要意義

如今他們紛紛找到了自我

只要痛快
不要痛
只要書櫃
不要書
只要臉皮
不要臉
只要做愛
不要愛

如今他們紛紛找到了自我

——二〇〇一年九月七日・選自木馬文化版《病愛與救贖》

方群作品

方　群

本名林于弘。台北市人，1966年生，台灣師範大學國文研究所博士。曾任國小、國中、高職教師，現任台北師範學院語文教育學系副教授。著有詩集《進化原理》、《文明併發症》等；曾獲中華文學獎、優秀青年詩人獎、吳濁流文學獎、聯合報文學獎、中央日報文學獎、教育部文藝創作獎、國軍文藝金像獎、台灣省文學獎、中國時報文學獎等。

有人說我……

有人說我是Ｋ黨
保守的緊密服裝，搭配
古老封閉的陳年思想
捨不得放棄歷史包袱的沉重負擔
悻悻然——
走在不合時宜的現代馬路上
我的心有些慌張

有人說我是Ｍ黨
突變的流行裝扮，交換
特異獨行的叛客主張
阮囊羞澀的未來口袋寫著千萬的理想
茫茫然——
走在四通八達的十字路口
我的心有些徬徨

有人說我是Ｎ黨
復古的時代廣場，堆砌
封建水泥的高聳城牆
記憶中的銅像將再次復活
戚戚然——
俯瞰狼煙蜂起的美麗島嶼
我的心即將崩盤

有人說我是Ｘ黨
沒有思想
沒有主張
沒有歷史的榮耀
沒有現代的光芒
崇拜異端的神祇
祈求莫名的仰望

只剩下——
一顆沒有軀體的孤獨心臟
一群沒有靈魂的橡皮圖章

——一九九五年十一月六日．選自文史哲版《文明併發症》

長春藤

不需要沉重厚實的土壤
我們也可以隨遇而安
些許的清水和狹窄的瓶罐
就是安身立命的所在

羸弱的隱伏身軀
隨著潛意識的覺醒慢慢滋長
卑微地吸收殘存的陽光
虔誠攝取蜚長流短的營養

在辦公室裡，我們
小心翼翼地噓寒問暖
偷偷擴展勢力範圍
悄悄伸直龐大的四肢和軀幹
學習控制呼吸排泄和喜怒哀樂的技巧
架構一個綠色的烏托邦
和人類分道揚鑣

——二〇〇〇年七月十日

逆光的旅行
——在希臘

想你的顏色就這樣淡了，在希臘
愛伸懶腰的陽光把記憶煎成一張薄薄的焦餅
在靠海的窗口，有妳喜歡賴床的那種味道

高八度的船笛把水平線向遠方拉去，打翻早餐
的肉桂粉撒滿昨夜剛洗好的床單，妳靠著躺椅打盹
假裝已經很飽的樣子
南方來的海鷗帶著地中海的口音在陽台上爭吵
一張褪色的照片隨著七弦琴的音階四處游走，淋過雨的
睡衣，懶懶地躺在那群好色水手的枯瘦眼眶裡
「那是一株無花果樹嗎？」一個陌生男子抬頭問我
蹩腳的喘息氣音，彷彿迷路的愛情觀光客

在古老的城市獨自棲息與覓食
巷口的小孩還是嘻嘻地玩著跳房子，古利太太
用橄欖油烤的蘋果派仍在舌頭上跳著喧鬧的手鼓舞，那些
種在窗台的迷迭香卻一直學不會發芽的藉口
加蘑菇奶油燉的鮮魚湯已經涼了很久很久，我還是
期待一杯龍舌蘭的顫抖體溫可以掩蓋孤寂冰冷的指環
與落寞交談的雅典夜色，心事是無法溶解的沉澱咖啡……

——原載二〇〇〇年一月二十日《中央日報》

眾　生（四選二）

蜘蛛人

在腐敗都市的結構接縫，我們
卑微地生存
用苦思醞釀人生成敗的經緯線，悄悄
編織著若有似無的曲折夢想

那是很久很久以前的傳說了……
王子和公主一直都沒醒來
只有幾隻失眠的飛行甲蟲
連夜穿越不停燃燒的殷紅蕈狀雲

在第N次核戰結束之後
散亂的記憶檔再度歸零，我們
週而復始地環繞著佈滿輻射塵的地球
緩緩吐出紅色的基因血絲
垂吊著一個不能成形的
待續句

植物人

我們謹慎地攀爬在陽光的邊緣
跟著機械的頻率呼吸、吐納
稀薄的葉綠素隨著濃稠的血液流轉四肢
向光的眼角總有些淡淡的笑容

我們淡綠色的皮膚非常環保
溫和的性情不曾介入分配與掠奪
死神與上帝經常穿越我們微薄的軀體
微笑地達成某種共生的秘密協議

紫外線繼續穿透著。我們

是一群與世無爭的高等藤蔓
依附著日趨腐壞的肉體
無意識的
呼吸、思想，或者漸漸安息……

——一九九九年十一月・選自文建會得獎作品集《眾生》

須文蔚作品

須文蔚

江蘇武進人，1966年生，政治大學新聞研究所碩士、博士。現任東華大學中國語文學系助理教授，兼任數位文化中心主任，現為《詩路：台灣現代詩網路聯盟》主持人，《乾坤詩刊》總編輯。著有詩集《旅次》，評論集《臺灣數位文學論》，編有《網路新詩紀》、《詩次元》、《台灣報導文學讀本》等。曾獲雙溪現代文學獎現代詩組首獎、優秀青年詩人獎、五四文學獎、詩運獎等。

稻草人

我的影子離開了我的軀體
奔跑出火燄，遠離田園

播種的日子
我細細模仿人們的舉止
農夫粧點我，殷切地
爲我繫上兩串空罐頭，在風中
我便有了吼叫的高音

幼鼠用我瘦長的腳磨鈍
他們貪婪的牙齒，有恃無恐地
奔跑在田地與穀倉間
隨地拋下犯罪的證據，深信
農夫不會爲了消滅他們而燒倉房

志得意滿的鼠輩預言：
缺乏對田園保衛的眞心
支配田壤的稻草人，你將無法
阻遏任何一起竊盜案件

收成的日子
稻穗在空中昇起金黃閃閃的光澤
狡黠的雀鳥結束日以繼夜的覷視
紛紛駐足於我肩上，暴露
我毫無活力的眞面目，在風中
我聲嘶力竭地喊叫著

搖晃著我瘦長的身軀
鳥兒們的細足卻深深嵌進我的肌膚
我不禁懷疑爲何要插足於一個
被揭穿的謊言中，無力面對
農夫的期望與禽鳥的訕笑
暈眩於稻浪前撲後繼的拍打

我奮力倒下，力圖
驅趕所有惱人的恥辱
雀鳥驚異地飛散到藍天
畫下一道圓弧後，重新
回到我身上

——一九八九年·選自創世紀詩雜誌版《旅次》

引導作文

請應用下列詞語寫一篇文章：
現實　想像　理性　思考
龐大　建構　總而言之

我們作文
沒有**現實**生活的目的性
我們愛好和平，熱血
早已沒有沸點，然而
語言必須激昂
意識必須武裝
老師的硃砂筆看守
我們的**想像**

我們習慣
以**理性**壓抑懷疑，悄悄
以屈從**建構龐大**的雷池
我們愛惜分數甚於誠實，環坐
格言周圍耐心期盼讚賞，反覆
跟隨偉人搖晃的儀仗，反覆
觸犯訴諸權威的謬誤

總而言之，我們
被引導作文，我們
被引導信仰，我們

被引導**思考**。所以，請給我們
制式的迷彩冑甲，再給我們
鸚鵡的舌頭

後記：

引導作文是時下國民中學國文考試的一種測驗題型，旨在協助學子提昇作文能力。

——一九九一年十月．選自創世紀詩雜誌版《旅次》

凌遲

每天收到一封妳歸還的情書
每個撕開過的信封封口都嘔
吐出過期的愛意
妳樂此不疲地寄來
每一吋我繾綣過妳身軀的皮膚
一雙我緊握過妳的手掌
兩張我吻過妳的嘴唇
一顆陪妳看遍木棉花的眼珠

每天收到一封沒有附回郵地址的信，想必
妳拒絕聆聽遭到凌遲者的哀嚎與回音

妳樂此不疲地解剖我
我只好用拆信刀
鑿破我居住小小星球上空的臭氧層
傾洩所有的空氣
窒息自己

——一九九六年六月．選自創世紀詩雜誌版《旅次》

你沉默如雷

你沉默如雷

像盆栽在無光的世界裡
委頓著枝葉

衰老的國度中，青年們
等待著死亡終結絕望，每天
聆聽推陳出新的辭彙描述
一成不變的遠景，早夭的孩子
向來比老人幸運，寡言笑的老人
又要比喋喋不休的孩子長壽

廣袤的土地上，謊言
繁衍出更多的謊言，陽光
無私地剪裁每一座森林
高大的覆蔭壓抑幼苗熱切伸展的願望
人們躲進黑暗中，尋找
失落的夢想

星光敲打所有熟睡的眼簾
彷彿樂興時鼓聲激昂
當你雙眼觸及風的流變
你惺忪的眼神變幻如閃電
自洶湧的雲端伸出利爪
在平野上盡情地探索，歡唱出
你如雷的沉默

——一九九六年六月・選自創世紀詩雜誌版《旅次》

許悔之作品

張國治／攝影

許悔之

本名許有吉。台灣桃園人，1966年生。台北工專化工科畢業。曾與詩友創立「地平線詩社」。1989年起，從事文學編輯工作，歷任《中時晚報》副刊編輯、《聯合文學》主編、《自由時報》副刊主編等職，現任《聯合文學》月刊及出版總編輯。著有詩集《陽光蜂房》、《肉身》、《當一隻鯨魚渴望海洋》等，另有散文集、童書等著作多部。曾獲中華文學獎、教育部文藝創作獎、五四獎等。

跳蚤聽法

我的佛陀，當祢巍巍端坐
如蓄勢的海，不動的山
我卻只聽見蟬嘶盈耳
如浪奔來，淹沒我對祢的呼喚
呼喚祢，我的佛陀
我跟隨祢，聽祢說法四十年
早已知道祢實無一法可說
我也無一法可得
祢是那舟，帶我渡河
河既未渡，如何燒舟？
四十年來，我嗅祢的味
觀祢的形，見法如棄嬰長大
而祢，我的佛陀祢日益消瘦
我聽見祢的骸骨瞬間的崩落

我也有喜，不喜法喜
我是一隻跳蚤，被寬容地
可以活在祢的衣裡，懷抱之中
他們還在聽祢說法
或因羞慚而涕淚悲泣
或因體解而讚嘆歡喜
只有我，只有我知道
祢是什麼都再也不能說了

四十年來，我將第一次
悲哀而無畏的
咬嚙祢，吸祢的血
我有法喜，這世界只有我
吮過祢的寶血
我有法悲，因爲我吸的是
這世界最後一滴淚

——選自一九九四年皇冠版《我佛莫要，爲我流淚》

遺失的哈達

我們攜手，站在轉世的渡口
船就要來了，我們深深的對望
來生終將如月圓滿，遍照
十方虛空和我們的心房

然而風起轉狂
吹走了繫在你頸上的哈達
你心愛的哈達隨風而飄
我去追它，催你先上船

以爲下一艘我就能趕上你
誰知哈達飄得那麼快
翻山越嶺，飛過大洋
五年之後我終於找到它

再過三十年，你坐在堂上說法
依序爲生病的身軀繫上哈達
祝福迷途的靈魂堅厚充實
如架上葡萄的果肉撐得飽滿

輪到我了——我彎腰接受你
爲我繫上哈達，那今生蜜鑄的鐐銬
我從懷中取出那遺失過的哈達
看見你眼中有滾滾紫色淚光

——選自一九九四年皇冠版《我佛莫要，爲我流淚》

不忍

——詩致林義雄

讓蚯蚓繼續翻身在土裡
在最接近天空的蘭陽盆地
整座平原宛若一架鋼琴
母者和孫女是斷去的那根弦
這一次，她們並沒有時間
可以彈到高音C

所有的蚯蚓都將繁殖在這裡
春雨像飛針刺痛了
土地的背脊
善良的靈魂猶依依
不忍登上從空而降的天梯

她們一再徘徊
她們躲進雨中的一棵尤加利
大樹堅強地挺直了腰桿
不忍讓她們看見
那彎下身來而抱面痛哭的自己
但終究，還是有一些滾燙的雨滴
穿過了樹葉之間的縫隙

——選自一九九四年皇冠版《我佛莫要，爲我流淚》

肉身

——緬甸和平反抗者翁山蘇姬
(Aung San Suu Kyi)

夜裡，那具熟悉的男體
又在眼前不斷地飄浮

只有他，才能撫觸我
背後的疤痕
我爲他懷胎
生養孩子
病了的時候，他趴在
床前吻我
虛弱的額頭
虛弱的緬甸
猶在沼澤中沉淪
夢中他向我伸出一雙手
不斷地痙攣，而陷落
我看見大不列顛的船艦在
黑暗中昂揚的穿入
伊洛瓦底江上游
一八八六，英印帝國
征服了佛陀之土

殖民者帶來了種植的技術
忖想餵飽了我們的民族
就餵飽我們的靈魂

罷工和抗爭
換來了新的國家
新的詛咒卻跟著誕生
持槍蠻橫的軍人
逮捕總統，關閉大學
槍殺群眾……
——莫非那注定是
翁山家族捨身之土？
像父親一樣，爲了愛
必須用肉身抵償
年老的母親寫信來
說她比緬甸病得更深
這一次，我必須推開

英倫重重的大霧
拋夫別子，回國去
嘗那毒花苦果

佛陀慈悲
賜給我空拳赤手
抵抗十萬甲冑
昔日和父親並肩的同仁
今天卻退化成猛獸
尼溫他下令
槍決投票的結果
背叛革命的人
當然也背叛了佛陀
在群眾裡，我聽見
他們高喊著：翁姬！翁姬！
除了羞赧的笑容
我多麼想，啊為自己的遲到
而低頭認錯——

那些年輕的士兵
在我被軟禁的處所外
點起了紙菸
為了肚子
就算煮食天上的星星
佛陀也會原諒他們
如同愛憐自己犯錯的孩子
這一次，我將選擇飢餓
輪迴之中
只有佛陀才能
才能收割豐碩的五穀
絕食，絕食
捨身飼虎
佛說，生命不止於
一燈或者二燈

在太陽還沒照到的地方
誓不斷情
願做飢餓的眾生！

在沉默的佛陀面前
圓滿的靈魂
一如他撫觸著我
乾枯的肉身

——一九九一年・選自時報版《當一隻鯨魚渴望海洋》

白蛇說

蛻皮之時
請盤繞著我
讓我感覺妳的痛
痛中顛狂顛狂的悅樂
如此柔若無骨

愛，不全然需要進入
我將用涎液
塗滿妳全身
在這神聖的夜晚
我努力吐出的涎液
將是妳晶亮透明的新衣

小青，然後我們回山裡
回山裡修行愛和欲
那相視的讚嘆
觸接的狂喜
讓法海繼續念他的經
教怯懦的許仙永鎮雷峰塔底

——一九九五年六月二日・選自時報版《當一隻鯨魚渴望海洋》

有鹿

天空持續燃放著
無聲的花火
我們停步
牽著手
於彼大澤
和一隻鹿對望
良久

有鹿
有鹿哀愁
食野之百合

——選自二〇〇〇年大田版《有鹿哀愁》

林則良作品

作者自畫像

林則良

台灣台中人，1967年生。曾在復興高中戲劇班教授電影與文學課程兩年，於淡水河廣播電台主持電影節目「被佔領的房子」。長期撰寫影評書評及專題特稿。著有詩集《與蛇的排練》等，另有短篇小說集等著作多種。現為麥田出版社around書系特約主編。

一條街的神秘與憂鬱

●喬奇歐・德・奇里哥(Giorgio de Chirigo)運用人體陰影、繪畫儀器，遠行的火車和具有地方性或古典的建築物，來烘托象徵性的空洞飄緲。而塔臺煙囪經常出現在畫面上，卻是追悼他曾爲鐵路工程師的父親。畫中一個荒涼的廣場，一輪寒月陰沉沉的照著那無數從小到大的旗樓，充滿了浪漫抒情的夢意。但卻有一種奇怪、陰霾的氣氛，畫中的景像似乎有一種「預兆」，它啓發一種未知和不安寧的意義。

父親喝醉酒了
強行禁止懷念月光的長夜

他和他的單車撞倒在電線竿下
（他們裝了永不發光的燈）
和蜿蜒的鐵軌
一同臥倒在喪失出口的隧道當中
唯一清醒的只剩腹痛
嘔吐
光閃閃的銅板
沿途翻滾

他以爲還跌坐在車廂裡
（想想祖父也以那種姿勢坐了一輩子的牢）
順手就把酒瓶丟出窗臺
在往六月的路上
牙齒在十二月被敲掉搜括走了
妻子蹲在五月的沙堆掏米
七月大雨兒子走丟了一條深喉嚨
之後二月八月四月和十一月

推擠向前
手指都折斷了
仍努力向前抓拼命向前挖
開鑿一點反光
以餵飽妻兒的空洞
自己的胃穿孔，並咕咕噥噥：
「遠方是該有架角子機的……」

千百個日子在地下道滾成一團之後
兒子終於走進父親的破西裝當中
逆光的鬧門，鬼影晃動躲閃燒痛的流彈
他畫著一疊二十年前醉酒的黑暗
終於刺破
爭先恐後的月光
淹沒了墳頭
直到直到退化的記憶
藏進手影裡
吐出一個嬰兒。

血洗的旗和屋頂浮在慘白的牆垣上方
獸籠清楚的靠在抹黑的騎樓
穿短裙的長髮少女赤腳滾著鐵環

滾過去，鬼城和牢獄
安息的月夜
陽光一爬起又去槍殺一排日曆

還有一排接著一排
遠方就要天亮了
誰在遠方燙紅了槍枝？

就這樣今天誕生的嬰兒
死在明天的嬰兒懷中
合掌蓋住血泊的胸口

刻苦禱告

——一九九一年五月十四日

藍色與灰色的母親

——給我的祖母廖葉

我的祖母曾經是一樹眨眼睛的花嬰
當時她以星光沖澡
跳過門檻
受孕成一隻旋轉陀螺
整個世界如布幕從默片到有聲從黑白單彩
　綜藝彩
新聞到劇情到倒帶翻拍塗改加花邊捉住她
　旋轉
拋棄她捉住她旋轉的
民國印著那隻猴子的紙扇已經搖過八十又
　八個年了
的，仍是那隻手
我的父親從防空洞的那一頭跑過來
她餵他自己花的手掌
褪了九次皮的傷口
成群紙灰蝴蝶在她破皮的雄蕊孵化的傷口
直到戰後二十年才結痂的傷疤
如同爲她的曾曾孫女織就
一襲織了又拆拆了又織的殮衣
蜷臥並且綻放著一朵龐大的黑芙蓉胎記
從頭底到腳底
都以鰓呼吸

有時她也哭
坐在床頭背對梳鏡痀著瘦小的身體
一隻鞋船在滿溢的天光飄蕩
穿上它轉過了水田竹林菜市場果園和一窩

　雞
天光溢滿了我的眼睛
一把魚骨髮梳從銀黑梳到她銀白
瘦瘦的皮骨滲出柔弱的珠母色澤
她哭，她吞下眼淚好磨圓她骨頭裡的刺
二十年後終於死去的女兒現在坐在楊桃樹
下
包糖果，我的姑媽，錫箔的糖果紙包著火
錫箔的糖果紙被時間燒成了紙錢
小小孩兒過前廊遊過父親從來沒有挖過的
　魚池我
穿過龐大的樹影掩埋麻油瓶裡的天光走進
　廚房
一窩蛇從眠床裡醒過來
一窩蛇越來越胖日子如黑麵包越來越腫脹
小小孩三十三，用手刀緩慢緩慢
刨一塊冰，鏡花緩慢緩慢碎落——
藍色與灰色的母親坐在搖椅上
那面牆她已經走了過去
窗台上夕陽走過來分給她每天的窮人
　之金
她累了，風在外面
風在樺樹林間搖呀搖月亮大批的私生
子
一枚鎳幣從鍋灶滾到碗櫃底一根杜樑
　就蝕空了
鐵鍋裡的金針湯滾了
她還在打盹
一隻細小的粉蝶停棲在她的指節上
　飄搖著，直到夜一寸寸黑了下來
一隻細小的粉蝶停棲在她的指節上

——一九九九年七月

打開天窗的是海

打開天窗的是海，你淹死在那裡
整片不均勻浮漾的波光
翻滾著檸檬黃
在屋頂上打撈你的貓不會
也不屑將你誤認爲一條至少可以啃一啃的
　魚
牠們正豎起尾巴釣麻雀

就算把你吃光了你也笑得頂開心
因爲你正窩在春夢裡
你還不知道我會害怕找不找的到身體

你不知所以地醒來
醒在秋熟的玉米田底，而我

而我全身都是刀子切割爪子舔過
我全身都是魚骨刺青
一碟子痛快的剩肉
呈煙燻鮭魚色

—一九九八年一月

紀小樣作品

紀小樣

本名紀明宗。台灣彰化人，1968年生，士林高商廣告設計科畢業。曾為婚紗人像攝影師。著有詩集《實驗樂團》、《十年小樣》、《想像王國》、《天空之海》、《極品春藥》等。曾獲中央日報、聯合報、中國時報新詩獎；年度詩人獎與吳濁流新詩獎等。

台灣·三鯨記

立冬之後，以迄清明
鯨魚在台灣的沿海
擱淺，在社會版
新聞的海洋裡　迷航。
原來，牠們前來參謁
太平洋上最大的一塊
蕃薯型的　墓碑

露脊鯨

想像　月光輕輕地摩搓
一千頭露脊鯨的背
發出歷史神秘的光澤
牠們有著鯨類不可多得的三圍
卻更擅於在黑夜的礁岩沉思，何時
月球會在地球上　消失。

座頭鯨

面惡心善，海洋裡漂泊的
吟遊詩人，用傲人的
鯨跳，在藍色的海面上
寫白色的長詩　古典
交響樂般地　押韻。

抹香鯨

哲學家穿著黑色的大衣
碩大的頭顱沉到海的最深底
偷偷攜帶啤酒瓶般的身子
憂愁的抹香鯨　心事委曲
發酵成腸子內的　龍涎。

——一九九五年八月

摩天大樓

電梯是消化不良的直腸
他們把我的內臟運上來
我是超現實主義者，站在
二樓俯看一樓，廣場上的
銅像在發笑，銅像
頭頂上的鳥糞在醱酵
銅像是人類的超現實主義者
鳥糞是銅像的超現實主義者
三樓是二樓的超現實主義者
於是二樓就哭了，因爲三樓比他高
他們把我的臟器安放在各個樓層
我的頭髮長滿空中花園
相對於頭顱，及頭殼裡
流動的思想與智慧
頭髮是頭皮的超現實主義者
空中飛過的那隻鳥是我的超現實主義者

只有一片雲，忘記流淚的天職
——他知道鳥的肛門，其實
　　也是形而下的

——一九九九年一月

公寓生活

在幽暗的巷道之間　消防車的警笛困難地切割
夜色　詩人在公寓的褲縫下點亮了一盞燈　昏
黃的燈光沖泡出來玫瑰花茶的香味　而鋼琴像
一隻黑貓在角落裡靜靜地蹲著　沙啞的爵士樂
沿著淚腺湧出　四壁都是潮濕的記憶　泥牆裡
生鏽的鋼筋再禁不起三個人同時的咳嗽　單身
套房的隔壁卻一再傳來沖馬桶的聲音　樓梯間

紅色與藍色雜交的搬家與抽水肥的廣告　欲望坐著電梯上來……　獸的喉管裡吐出了天使的語言　「開門啊！上帝！」　門把轉動　上小夜班的年輕女子又把鑰匙插錯了鎖孔　而住在七樓的女人每個週末晚上會在鐵窗看守的陽台晾乾彩虹的奶罩並且從不讓星期天的太陽照穿她鏤空的道德　啊！大樓即將頹圮　一百名未成年的女子唱起洶湧的春歌　而我的床正好厭倦了地中海的波濤　所以拖鞋準備去航海　街口轉角的7—11是最近的碼頭　而最高潮的波浪照例又是管理室左轉的那三顆狗屎　是的，如歌的行板　保險套與斷腸草長島冰茶與衛生棉不虞匱乏之必要　三合一即溶的戀情　茶葉蛋的蛋殼比昨夜我們堅持的愛情還硬……　而歲月太滑了　沿著牆外的二丁掛把青苔散播入了母親的廚房　抽油煙機的夾縫裡躲著億萬年不死的蟑螂　一整營退伍軍人症的病菌在冷氣機的灰色濾網上稍息，微笑。而陽台上的盆栽大部份時間只是標本　甚至連開花的時候也是只有在喝水的時候它們才是盆栽　巷口的垃圾昨晚又認養了一隻癲癇病的公狗——那七條，哦不！八條破爛的抹布讓姊姊必須多繞兩條街道回家　下雨了……如果在雨中撐傘　躲雨的鴿子一定會譏笑我笨拙的翅膀　而電視螢幕裡的遊行剛剛結束　即時新聞的鏡頭裡沾滿蛇籠上猶在滴血的刺……聽說今晨自強號雙軌火車翻覆了　駕駛把它開上了一條準時上班的白領階級者的領帶　而我相信這與腦筋急轉彎無關每天睡前我都會在日記簿上計算——早晨公車吃掉的跟晚上吐出來的人數是不是相等　結論是一億年後　人類將從地球上　永遠　消失。當導盲犬牽著衰老的枴杖越過街去　晨曦總是不偏不倚照亮第三棵路樹分叉出去的第三根枝幹（嚴格地說是第三片樹葉）而現在還是子夜

離明天早晨還是
　　　　　　很遠……

——原載一九九九年十月九日《聯合報》副刊

簡明版家庭寫真

最左邊 缺兩顆門牙的那個小孩是
目前還在坐牢的我的大堂哥；過去
流著鼻涕哭泣舔著棒棒糖的是他的
弟弟；而站在他們後面筆挺的那件
西裝 蓋住大伯父 初期的肺結核
再過去 坐姿非常淑女的是離婚的
大姑姑，她抱著露出泛黃三角褲的
女孩是我的表姐。排排站在後面的
是二姑到七姑的純眞年代。新婚的
父親與母親 穿著從鎮上租回來的
禮服坐在畫面的正中央矜持地微笑
幸福的正後面赤著雙腳站在烈日下
理著光頭而仍然最高的是志願戰死
在南洋的叔叔。而坐在父親的旁邊
祖父沙啞氣促的咳嗽被領帶牢牢地
綁著；祖母腫大的風濕性關節炎在
棉質的藍長褲裡 安分地蟄伏……
散亂在地面上的是當晚宴席上獻出
牠們激情肉體的雞、鴨、鵝；而最
右邊那隻龐然大物則是最後變成老
牛肉麵的 我家不領薪水的長工。

拍完此張相片的當夜
在酒精奮勇的帶頭下
我便興沖沖地佔領了
母親幽闇的子宮……
而在還沒發黃的照片
背後，還有我的兩個
弟弟與四個妹妹

他們爭先恐後地
預備加入
我們紀家
貧窮的生活

口述一座被遺忘的村莊

——二〇〇〇年九月五日

我要用語言構築
我所住的那個村子的白天
以整個夏季的發現當地基
乾渴嗜甜的舌頭爲疆界——
我要把我白天的村子，蓋在
北京最高的城牆上，還要讓
羅馬的路　通到我赤裸的腳下……
當然，在實現這些以前，我必須
用一條發燙的北回歸線
把我的親戚友伴們圈起來；
包括那條生病的老水牛
蜷在屋簷上的白貓，還有我
養在生鏽鐵罐裡　吃著蕃薯葉的
一對蟋蟀。　如果可以
我要用俚俗建籬笆，甚至用粗話
來種樹，開出糾結壯大的綠色華蓋
給這世界最後的夏日遮蔭，一直
一直到冬天忘記我們的存在，一直
一直到我的唾沫想不出另外更好的說法……

父親微笑著撫摸我的頭
「一支最短的蠟燭，可能比你懂得更多！」
我不信，轉頭向爺爺求證
他只給我削瘦的背影，還有
風中蒼老微弱的一句話
「是的，夜晚！

「夜晚永遠比我們所知道的陽光還長……」

——二〇〇一年九月

家族演進史

外婆說我相當早熟，在還沒長出乳牙之前
就學會了咬人。因爲
她哭聲的三百公里外，進行過一場不被祝
　福的婚禮
大舅舅墜海的隔一年，外祖父突然想要用
　魚網
捕捉一隻發胖的海鷗，這成了關於海的另
　外一則傳說
聽說我的外曾祖父是個很有名的鎖匠；只
　過了一代
他們家的門就沒有鎖。而小舅舅無法拘束
　的童年是
一隻蚯蚓；老在櫥櫃裡流下黏糊糊的指
　紋，退伍之後
他學會了開門 快速地離開那個汗水比鹽
　還多的漁村
住進了一顆 龍宮翁戎螺

穿上制服，我的叔叔是個警察；脫掉褲子
是個混蛋。升官之後，他把這個城市的性
　病悄悄帶到了
下一個城市。爲了國家的名譽，我奉令帶
　與我同年的
堂弟，在子夜 一起到公園 對著銅像手
　淫。因爲
祖父的遺囑是一張漲裂的紙尿布，那使他
　變得神聖
不可侵犯，但沒有生前來得可親；我記得
　某年的仲夏

麻將自摸之後，我們一起去塔城街吃牛肉麵
再到三重的幸福戲院　脫衣舞孃在爺爺的
　腳下搖出了
一灘油；在我的眼前卸下了一堆肉　然後
骷髏穿上了閃光的衣服　拔離了我們的眼球

爲了一朵進口的玫瑰花　我走過九條街
　七盞紅綠燈
花店打烊了，情人節的前一夜，滿街傾倒
　的爛蘋果
一屋子飢餓的蝴蝶；迫使我到中正紀念堂
　偷摘一捧三色菫
潛步到她的窗前，只爲了看一道十六公分
　的疤痕，還有
一片失貞的處女膜。那一年我十七歲
　年輕氣盛　偏頭痛兩歲
阿斯匹靈八十歲　常常使用　盤尼西林六
　十歲　我不敢碰

而新聞報導說，來跟大姑姑提過親的鎭
　長，被一個小他二十歲的理髮師
謀殺了，只有我的小姑姑知道那與政治無
　關；而與人性有關
用來包燒餅油條的那張報紙背面　油膩膩
　的　茶室裡都是
從中央山脈下來的女人，她們漸漸發福的
　腰肢搖盪出
一個發膿的民族
母親因票據法坐牢的那幾年；父親與另一
　個阿姨就住在自由路
所以，我和我親愛的弟弟組成一把銳利的
　剪刀，父親是
接合我們的樞紐。而背對背，我與弟弟鋒
　刃向外
割不斷彼此仇視的　血緣的二分之一

入伍之後的第四個月，我把母親給我的乳
　名掛在另一個女人的胸前
我絕不後悔自己是抽水馬桶水箱裡的　一
　顆長滿青苔的
浮球；至少　我譏笑過千萬張用過即丟的
　衛生紙
我永遠記得她們之中的一個；她曾經驕傲
　地跟我說——她的母親
是一棵神木。爲了這個故事還有半打台灣
　啤酒的泡沫，我曾經
笑到陽痿。然後　我發現一個女人蹲在雪
　地上撒尿，她胯下的
那塊雪，依然會謙虛地凹陷下去
這是否與地心引力有關？爲了知道那些有
　關名譽的答案
我必須回去家境富裕的苦難年代　詢問我
的父親

——原載二〇〇一年十月二十三日《中國時報》副刊

顏艾琳作品

顏艾琳

台灣台南人，1968年生，輔仁大學歷史系畢業。曾任宗教博物館教育推廣、元尊文化公司漫畫事業部企劃主編、探索文化出版企劃等職。現任聯經出版公司文學企劃主編。著有詩集《抽象的地圖》、《骨皮肉》、精選詩集簡體字版《黑暗溫泉》、《點萬物之名》等，另有散文、漫畫評論等著作多種。

黑暗溫泉

如果生活很累
　道德很輕，
　　那麼，
　卸下一切
投入黑暗中吧！

　黑暗中的底層
是我在等待。
爲了誘引你的到來
我將空氣搓揉——
成秋天森林的乾爽氣味，
適合助燃
我們燃點很低的肉體。

讓你來汲取我的溫潤吧！
即使再深的疲倦
都將在黑暗溫泉裡，
洗褪。

——一九九三年六月・選自時報版《骨皮肉》

水性
——女子但書

「道德是一件易脫的內衣，」
「不過是貼己的褻物而已。」

沐

年輕時就被慾望浸濕過的胴體
像株害羞的植物，
只盡在自身裡演化著年齡，

而遲遲不肯結些果子
即使花季逐年凋零
今年的花一如去歲的容顏，
仍將貞操再次複製。

潮

日子剛過去，
經血沖洗過的子宮
現在很虛無地鬧著飢餓；
沒有守寡的卵子
也沒有來訪的精子。
只剩一個
吊在腹腔下方的空巢，
無父無母、
無子無孫。

渡

很早很早的早晨
是
很晚很晚的黑夜
慾望在雙乳之間擱淺
很無趣地擺盪著；
從非常遠的早晨
擺渡到非常近的晚上，
反反覆覆
早早晚晚

——一九九四年四月・選自時報版《骨皮肉》

度冬的情獸

冬天的時候

我們窩在棉被的巢裡，
獸一般地取暖。
親愛的小孩，
你貪心地吸吮我的乳房
含糊而濕濡地說
：「你的雙乳很原始、
你的乳頭很古典、
你的體溫很東方……」
是的，我們的臥姿
是洪荒時期取火的動作，
藉由摩擦和不斷地鑽抽
來燃燒自己的文明。

親愛的小孩，
睡意來襲之前
我們都是「更新世」的野獸，
還在渴望著直立的生活。

但，我們還是蜷躺著吧！
用肉體建築最初的洞穴，
潛躲我們害羞而不可告人的進化。

——一九九三年十二月・選自時報版《骨皮肉》

超級販賣機

我覺得飢渴。

我投下所有的錢，
它什麼也沒有給我。

我只好把手腳給它

又將頭遞過去
但還不夠。

我繼續讓它吞噬其他的肢體，
它仍舊不給我任何東西。
最後我把靈魂也投給了它。
它吐出一副骸骨
並漠然顯示：
「恕不找零」

——一九九三年十二月．選自時報版《骨皮肉》

我和那人之間的不可告密

那人之前悄悄地來了，
打開我的身體
偷了最珍貴的密藏，
還厚著臉皮邀我共享一切。

那人有著極大的秘密。
生長著嘴唇
卻不言語；
想借我的聲帶播出，
但我無法測知他的奧義，
只能乾嘔出莫名的單字。

那人如此寧靜，
明明偷取我的身體，
藉此不斷成長著；
啜飲我的血液
竊聽我體內的濤音，
但，
他不著一語。
對我不予置評。

那人微小而又將巨大，
不停地巨大，
偷偷換取我的光陰
追趕我離去甚遠的童年、
少年、
乃至我的現在。
他不懂謙虛地
快速成長……

那人是二十九年前的我。
而今，我有了那人。
那人其實來自另一個宇宙，
卻成爲我的一部分；
完全不可告密的
奇蹟。

——原載一九九七年八月二十六日《聯合報》副刊

安娜琪的房子

I

沒有聲音的時候，
鏡子反芻騷動的記憶。
任性的女主人搭配不同體味的情侶
彼此品嚐肉體的生猛快感
那時，因爲出柙的情慾
所有的家具都變成野獸，
在黏濁的暗中，
以盯著獵物的狩姿窺伺
不斷支配或被支配的、
不斷滿足或遺憾的、
不斷溫柔或激進的、
安娜琪與她的政治遊戲。

II

安娜琪沒有聲音的時候，
房子對聲音就開始消化不良。
不准有朋友或仇人前來按暴躁的門鈴
不准大哥大江湖式的召喚
不准B B Call私家偵探的密碼跟催
不准電話小女人似的唧唧切切……
最後房子對安娜琪的心跳聲
也沒有辦法承受了。
天黑之後，
房子暫時休克過去，
家具和鮮花一併昏迷。
在黑暗中，瀰漫著
另一種泛政治化的恐懼

III

有聲音的時候，
安娜琪的生活是熱鬧的。
午後的咖啡和奶精
演繹著和解的氛圍、
雪茄跟涼菸在菸灰缸裡
交換吐納的肺腑之言、
口紅和檳榔汁
烙在盛紅酒的杯緣上攀關係；
她在Party如此公開，
卻佐以竊竊私語的小菜，
引人開胃，進而
無所不啖權力的主菜。
聲音在消失之前
來自四面八方的饕客
都被安娜琪的招待
滿足了每一張嘴。

IV

房子充滿安娜琪的靈魂。
安娜琪多麼雙性。
一個人的安娜琪和
她（他）自己的安娜琪
妥協了這個孤立的房子。

——原載一九九八年十月《女鯨詩刊》創刊號

唐捐作品

唐　捐

本名劉正忠。台灣南投人，1968年生，台灣大學中文系博士，現任東吳大學中文系助理教授。著有詩集《意氣草》、《暗中》、《無血的大戮》等。曾獲中國時報文學獎、聯合報文學獎、梁實秋文學獎、台北文學獎、年度詩獎、五四文學獎等。

絕句

1 跳樓

從四十公尺外起跑
像一顆勇猛的炸彈
正面與地球衝突
勝算也許不大，然而
地球總會有些疼痛吧

2 上吊

不想再沾染一點塵土
高高懸起潔白的雙腿
把抗議寫在舌頭
伸出來給世人看見

3 安眠藥

這年頭連夢都可以廉價購得
精緻的外觀包著一種
不朽的安詳，不必
依賴夜色，不必
害怕陽光

4 跳河

奔向歲月的懷抱
暢飲流失的一切
慶幸自己不是魚
尚能擁有溺死的權利

5 懸崖

多麼崎嶇而冷漠的臉啊
恒常凝望著空洞的天空

而我只是一滴淚，誰也
懸不住
的　　　　淚

6 瓦斯

厭倦於庸俗的氧氣之後
我需要這種新鮮的氣味
據說將取得最白的臉孔
選擇最美的姿式
在最甜蜜的氣氛下安睡

7 割腕

讓胸腔裡的心事
以一種亢奮的節奏
從這裡出走吧
那鮮艷的憂鬱啊
不能再注入無辜的手

8 臥軌

氣勢磅礡的場景
震撼性的溫柔
可以紮實地感覺到
一個巨大的陰影迅速地
撲上來，撲了上來

——一九八九年．選自詩之華版《意氣草》

狐戀 I

不玩了！這種
作弄耳目的遊戲。
妳們當狐狸的
總是變來變去
　忽然上弦，忽然
下弦的眼睛。忽然

細雨，忽然急雷
的聲音。忽然孔雀
忽然烏鴉的表情：
每每加減了我的，心
跳。綳　斷了
紡織久久的情緒。唉！
身為一名良善的男子
承蒙妳，熱心的敲擊
　我的頭上已經
腫起，若干崎嶇的甜蜜
　兩肩扛負著妳隆重的
齒痕，臉上沾滿那夜的
月光，擦拭不去
然而眞的不玩了，這種
七上八下的遊戲。
關於那顆
陷在我肩上的假牙
我只好沒收，至於
冰箱裡那幾瓶陳年的
甜言蜜語，我看還是
請妳拿回去！

——一九九〇年・選自詩之華版《意氣草》

蛇　喻

蛇影第一

無聲滑過屋後的菜圃，時間是蛇
（這是不太新鮮的比喻），留下黏膩的
體液。甘藍、茼蒿與菜頭都用力吸收地下水
想要洗去如魔如魘的腥臊味。撫摩過岩石
、泥土、豐富的礦物，地下水拒絕
撫摩植物軟弱的根部。我身懷明快的小刀
循著稀薄的聲影，追蹤蛇的去處。牠左右

徘徊（彷彿連續經過十二里彎路），若有所失
乃回頭舔淨沿路殘留的氣味，發現草叢後的
的、的、的我。竟伸出滾燙的舌頭，將我帶走

蛇腹第二

在蛇腹中體會被消化的感動。濃稠的胃酸
磨蝕我，像幻象磨蝕神經，噪音磨蝕耳膜
（這是有些可疑的比喻）。蛇在煩惱——
如何將陌生的血肉轉化成熟悉的觀念？如何
將烏黑的靈魂排泄到乾淨的水澤？牠用力
蠕動身軀，分泌大量沈積的新聞與祕密
啊，我發現牠左邊第二顆假牙是父親的頭骨
剛才曾輕輕啃痛我。我倉皇逃向蛇腹更深更窄
更暗更熱處，乃發覺自己愈來愈黑愈來愈
薄。牠凝神運氣，排排排，排排，排出我

蛇屎第三

散落在草叢與土堆，我是小小小小的
蛇屎（這是事實，不是比喻）。體內好像
有些陌生的成份（不知牠先前吃過什麼）
但我太渺小，小到不能包容結構複雜的情緒與
念頭。雖然想念屋裡的冰箱、電視以及沒吃完的
食物、沒看完的節目。但我太脆弱，光的爪喙
一再剝啄，風的指掌再三搓揉，我漸漸抽象漸漸
營養，地瓜用壯碩的塊根吸收我。我化作澱粉
化作一股綠意，奮力湧向藤蔓向葉梢。兒子會來
摘我，幾天內消化吸收。蛇會回頭，但找不到我

——一九九四年．選自文史哲版《暗中》

不在場證明

第一次供詞

散落的毛髮、殘留的血跡和淚痕

櫥窗玻璃上保存完好的身影
或黏在目擊者意識裡的生理特徵
啊，都不足以證明
民國××年×月×日下午三點二十分
我曾經在現場作案作愛或呼吸排泄等等

案發當天我在一座混亂的城市（名稱我忘
　了）
參加大規模的示威遊行（主題我忘了）
曾經踩死兩隻螞蟻，高呼三句口號（內容
　我忘了）
有幾千人聽到（可惜我不知道他們的地址
　電話眞實姓名）
唯一可以確定的是：場所不在台灣

台灣的天空比魚肚還白，太陽比蛋黃還黃
但那裡的太陽卻像不成熟的膿，淤在破布
　般的臉龐
台灣的人民比街道正直，政府比柏油堅忍
但那裡連陽光空氣水份都急著移民

第二次供詞

檢驗我的DNA，你只看到股票房地產汽
　車的廠牌
分析我的肺泡，你將找不到青山綠水的成份
抽查我的腦髓：觀念禮義廉、考績乙丙
　丁、操行忠孝仁
這在在證明我不在台灣生存，不是台灣人

台灣人純樸熱情（恕我無法以喻辭說明）
台灣風光明媚四季如春（恕我再三使用散
　文）

案發當時我在湖畔散步、看風景、搭帳篷

有眼無珠有骨無肉的魚躍出水面三丈
癩痢的鳥入水三分(牠們嘗試調換生存環
境)
風向東南西，濕度一一九，能見度零點零
零零——
有星為證：滿天紅腫的星斗像酸疼的眼
睛，流下目油
沾在我的頭髮，你看，也沾在我的受想行
識耳目身心
我不在台灣。鳥愛台灣的天空、魚愛台灣
的水
但我去的地方，連水和土都不怎麼喜歡人

第三次供詞

！在場：祖先的靈魂有如酒精，浸泡我的
腦神經！
不在場。我不知道冷氣機也能播放虛假的
時代氣氛。不在場。我沒聽到噪音挾持
著鳥聲在下水道中翻滾。不在場。我沒
看到冥紙化妝成鈔票隔開肉體與靈魂。
不在場
。在場：血液在地底化作石油，發動心的
引擎。
不在場。我沒看到長滿了傳單卻長不出翅
膀的天空。不在場。我從未聞過油膩的
口號沾滿學童的便當盒。不在場。我不
必調配神話鬼話風涼話去保養耳鼻喉。
不在場
？在場：但那裡怎麼會是美麗之島、婆娑

之洋？

——一九九四年・選自文史哲版《暗中》

降臨

土返其宅。水歸其壑。昆蟲勿作。草木歸
其澤。

——禮記・郊特牲

誰在開啓意識的罐頭　頭蓋骨猛然顫動
黑色的原油緩緩注入腦海　炫動著光彩
如發情的蝴蝶　拍送迷魂奪魄的粉末
我戴著神聖的假面　在銅鑼與篝火間跳舞
手中的寶劍亢奮地抖動　如堅挺的避雷針
刺開了天幕　我看見裸露的星辰……
有一碗神祕的湯汁湧現心頭　如新煮的粥
香甜　濃稠　散著迷離恍惚的白霧
使我口齒生津　腎上腺素微微上昇　舌頭
肥腫　如懷孕的鮭魚　溯向意識的源頭
狂烈地產下痲痲密密的語句　手中的劍
忽然癱軟　如筆　不斷分泌腥臊的墨水
於是我寫　在帶著血氣的獸皮　我寫
在飽含桑汁的絲綢　啊　誰將我悄然提起
頭髮聳立如狼毫　蘸滿腦汁與精液
劃過山河大地　凝成一組神祕的符碼
閃閃如螢　炯炯如鷹目　微末　但勇猛
牠們飛入繁華的墓場空洞的廟宇荒涼的心
把傾頽的物類扶起　把淫邪的鯨紋洗淨
我舉臂抬頭　模仿忍痛抽長的稻苗
抖落貼身的毒鎘　我舔土如蛇　左彎右走
模仿蛻皮的河流　吐出死屍與爛泥
我模仿初生的嬰孩　用力吸吮日月的雙乳
我同時模仿健康的牝和牡　在牧場上
放心地飲食、交配、繁殖

我模仿我自己　顫危危地跨過燒紅的木炭
一級一級登上通天的刀梯　恍如蒙昧的蚊蚋
狠狠將口器插入神像　求取一死
誰知靈氣竟源源湧出　像掘墳者掘得礦脈
耳目層層鍍金　碳化的骨灰在血裡翻騰
那是橫行洪荒的鳥獸與蕨薇　在深邃的地底
暗暗凝聚失散的能量　重新發動肢節
啊　老舊的經驗正逐一瓦解　我感覺
成群的白蟻出入眼眶　搬運鬆軟的影像
蜜蜂在胸腔裡結巢　蘊釀香甜的金湯
拜請拜請　拜請豐乳肥臀西方金王母降臨
降臨降臨　降臨我這衰朽疲憊污濁的肉身
讓神經系統接契著陰陽　風雷從心底發軔
讓手中的筆勃起如針筒　將神奇的字詞
製成疫苗　種入病態的萬物　於是我寫
我這樣寫：巫者之詩　神靈之旨
叉狀的閃電凝成樹枝　掛著星星的果實
血的蒸氣啊莫要昇起　淚的米粒消失
魔音之蛇速速離開耳道　苔蘚離開眼睛
脫蹄之豬　不准在嬰孩的胃腸裡搖滾
災梨禍棗　不准在脾肺肝膽間流行
東方無鬼西方無鬼南方無鬼北方無鬼
巫者之詩　神靈之旨　我今指使
泥土守住堤防　水回歸渠道　蝗蟲敗死
草木安份地生長　急急如律令

——一九九八年．選自寶瓶版《無血的大戮》

罪人之愛

1

在不能遺忘的遠方
不能記得　卻記得了的第七殿
我們繼續相戀

當時牛頭正割開我的喉　拔掉我的舌
而挖著妳熾熱的心臟的　想必是馬面
（我給妳的愛在牠的爪下流淌）
我們含淚注視彼此的苦難
像兩顆星
在億萬光年之外　發送微弱的星芒
何等榮光　何等難可思量之因緣
死了之後　還能與妳同一殿
妳聽到了嗎
我用斷了又生的舌頭　呼喊妳的小名

2

撕天裂地　那是什麼聲音……
莫非是妳肝膽俱碎的哀鳴
瑪麗安：年輕、陌生而美麗的母親
原諒我　在刀山上跋涉的我無能解救妳
啊　挖過妳的心的那個馬面
此際在開鑿我的腦袋
牠的爪上殘餘著妳對我的愛
何等甜美　何等堂皇隆重之招待

請放心（雖然妳的心已被挖去）
閉鎖妳的陰器　我仍將愛戀妳
掘去我的腦髓　我仍將記憶

3

在不能記憶的第七殿　我仍將記憶
在必須悔疚的刑具前　我絕不悔疚
我的小母親　年輕、陌生而美麗的瑪麗安
愛是無罪
讓我們用悲慘的呼嚎來抵抗神與魔的共犯
結構
不要輕易接受輪迴的假說
讓我們以更大的執迷來回應無邊的暴力

死掉一遍　再死一遍
總有一天
我們會在火熱的鍋爐裡遭遇　屆時
在九萬九千九百九十九℃的油湯裡
請容許我　用這傷殘的身體取悅妳

——二〇〇二年・選自寶瓶版《無血的大戮》

林群盛作品

林群盛

台北市人，1969年生。1990年以降遊學於英、美、日等國。2001年返國。著有詩集《聖紀豎琴座奧義傳說》、《星舞弦獨角獸神話憶》等。曾獲優秀青年詩人獎、創世紀三十五週年詩獎等。

在故事街傳説巷讀到的

在童話的冬街
沿路賣火柴

存錢買艘大船
等到妳的眼順著預言的
手勢漲潮
便帶領全世界的
樂器上船

落潮後
以一叢笛綠吹出草原
一束提琴藍拉出空
一串鋼琴青彈出山脈
一抹豎琴水撥出湖川
及用一袋喇叭黃和一瓶
鼓橘奏出沙漠和晚霞

而潮來汐往仍留在妳成對的眼中

左顧顧
右盼盼

貓雨

寂寞伸出貓的爪子
刮磨著城市的每尾窗子

被刮破的窗在夜的海洋裡
輕輕綻成清脆的漣漪

在夢中睡去的人全站在閃爍的玻璃屑前

撫著肩上貓的爪痕
淚水寫在一朵雲的背後
所有的天空都在猜
只有妳落雨的貓瞳知道

學校錄

永遠記得第一次上幼稚園那天。我和隔壁同齡的一棵小樹一起背書包、胸前別著手帕衛生紙上學。

教室已經坐滿了小樹，大家都很陌生。我連和我一同上學的樹是誰都不知道。我每次偷看她名牌時，她就立刻用樹葉掩住；其他小樹也是噘著嘴、不太容易親近。

那時教室窗外偶爾有恐龍踱來踱去、火山突然尖叫，但大致說來、上課秩序還是很好的。不過一下課、有些樹就蹺課了，從此座位上再也沒看到她們。

我連名字都沒看到。

放學。還留在班上的小樹已經不到3棵了。而且也是蒙著口罩、枝葉被煙塵扭成灰色。窗外仍有恐龍踱來踱去。不過卻是金屬製品。火山也再爆發了。預備逃出的女人和男人手抱一個包庇著發育不全樹苗的膠囊。

移民的宇宙艦毫不留情起飛。

我和全校僅存的幾株樹到禮堂參加畢業典禮，隕石和大氣層碎片一同落下、堆滿無法掩飾的問號的地表噴出地球紅色滾燙的血液。

鳥獸逃回百科全書。色彩隱入移居的彩虹。我拿著大學的畢業證書，將胸花和只寫著「樹」的名牌緩緩拆了下來……

旅·零光度

挪開一簇簇植物我艱澀的游動，在綠色而冰冷的耳語中（不太了解這些植物所表達的是譏笑或驅逐）我完全不知道要向那葉笑聲走去……它們竟如此相似……

最後是風挽著我的影子我的影子拽著我走出了這片綠色的嘲弄聲；我回頭時仍然看到它們細長的手臂揮動著濃郁的喧嚷；前面是一條懸空的小路，一旁是巨大的樹叢。

路上幾乎什麼也沒有
路上什麼也沒有
路上沒有什麼

一隻蜥蜴出現。它橫過路瘦細的身軀。它看了看我、吐吐舌頭——赫然撲了過來叼走我僅有的影子而後急急離開，我驚懼的抬頭才發現太陽已被黑色的霧從裡向外溶解——只剩一圈光環。

「是日環蝕」我說。然而天空突然濃成一個黑洞，我哭了起來挾著弄丟了影子的身體向小路的最深處衝去……

因爲身體太沈重了，我開始喘氣漫步。黑色的天空仍然只有霧巡游著；前方有些標誌，有的散立著、有的被拆下來攏成一堆，我走近它們、才發現上面全是些詭譎而矛盾的句子：「前有悲傷·減速慢行」「禁行憂鬱」「禁止微笑」「注意寂寞」「笑聲限制99%」等等。我跨過它們，前方是一幢幢的白色大廈。

「這裡沒有任何生命的痕跡嗎？」走近大廈的我張望天空，卻連一隻飛翔中的回聲也沒有。

靜。

我走入白色而無人的大廈，走進電梯，卻發現鍵鈕上標示的不是樓數，而是一些名詞：「憂鬱」「悲傷」……我愣了一會，終於按下我最熟悉而最後的選擇：

孤寂。

龍市

每天起床都被一千顆飛彈和一萬公里長的煙塵的催促聲趕逐著秒秒搬家的我到了一池沙漠所栽培的熱帶雨林區。一開始我和我曬乾到剩一半長的脆皮影子認爲那只是以綠色的霧化妝成的海市蜃樓。等到我們被熱情的赤道植物用比人還大的葉掌糅合著陌生語系的問候語般的沼氣摑醒才知道所有的夢都被沙漠蟻獅啣夾去了。

（一千天之後我來到雨林中央，有座外表像是劍龍背上的扇形骨嵌堆的塔樣城市立在和劍龍皮膚同樣是以傷疤織成的地表上。走近才聽出來這城市竟是用恐龍的喧笑聲搭建的。因爲恐龍的聲音是灰色，城市也忠實的以灰色的姿態出現。我伸手撫觸城市的表皮，有著甘蔗渣般粗糙的質地，可能恐龍的聲帶也是使用同樣材料吧。城市當然有不少種族的龍活動著、一開始有些擔心自己只帶著人類的外表，但老弓著背的恐龍卻意外的好客，稱我〈背挺得過直的小型恐龍〉。我想牠們或許不知道有人類存在著。住了幾天，不安開始在心中打量著自己剛進化出的始祖鳥的翅翼。我一直猶豫要不要相信從前在人類的博物館內摘獲的知識，告訴所有的恐龍們隕石雨會在未來某一天將牠們全數洗去。一千萬年後，不安已然演化出有著美艷色彩的羽翼，也能作複雜的飛行特技。而隕石雨也打散剛上完禮儀課的雲魯莽前來。所有的恐龍都不知道發生了什麼，隕石雨將地表像軟乳酪般發酵、所有的恐龍伴著聲音築成的城一瞬間沈了下去，只留下凝固成一張張以足跡列印成的迷宮圖的奔走聲。一直帶著人類外表的我終究無法吃得和恐龍一樣沈重，腳趾頭載著不停拆卸下淚水的我浮在軟弱的地表上……）

回到人類的城市時戰爭的結束恰好編入了剛要出版的近代史。我帶著喝了過量水分而漲了兩倍大的鬆厚影子到博物館去。館內解說人員宣稱他們甫從沙漠的床下打撈出數具恐龍足印的化石時，我並沒有遵守一旁蒼白的

請勿觸摸

Do not touch

的牌子，將自己古代的掌紋像隕石雨般打散兩旁驚詫的眼光貼在化石的恐龍的掌心上。

像是和老朋友握手似的。

陳大爲作品

詩卷

陳大為

廣西桂林人，1969年生於馬來西亞，台灣師範大學國文所博士。現任台北大學中文系助理教授。著有詩集《治洪前書》、《再鴻門》、《盡是魅影的城國》等，另有散文集、論文集等多部。曾獲聯合報文學獎新詩首獎、中國時報文學獎新詩評審獎、中央日報文學獎新詩首獎、教育部文藝獎新詩首獎等。

治洪前書

1　**河圖埋怨：**

老是那軸哀慟的意象
陳述死亡如何開發成浩大的景觀
亂水調戲著地理的愁眉
接著魚進駐鳥巢
石頭頓挫起浮腫的音節
文字古老的形聲大量醃製水部的偏旁
能想像的慘況早給說書的說爛
所以這回，可要從鯀的埋沒講起。

2　**神話表示：**

不行，儘管他有著熊的美肌與心臟
但群眾偏愛傳說虯龍　渲染成功
尤其洪蹟蟄睡如死
更沒有誰會探討他胸襟那環暴戾的水位
這是讓聖獸獨享的雲海
其餘生物統統滾開。

3　**魚很納悶：**

是思考的流域淤滿了水草，所以
放任蝦子不停複製單一口味的陋史
讓螃蟹閹割新鮮　但需冒險的軼事？
是被動的閱讀習慣　冷宮了鯀的血汗？
歷史的芒鞋專心踏著
唯禹獨尊的跫音
或者基石本身就該湮埋
彷彿不曾紮實過任何工程？

4　**禹卻反駁：**

想那神話多妖的水域

狂亂的佈景 凶險的劇情
就是我，彗星般崛起的根據
多前衛的演出啊——獨步的經典！
我偉大虬龍塑像的靈魄
怎會是前人肥沃智慧的承接？
衰敗與平庸的早該淘汰
燈光只需鎖定偶像而非舞台。

5 河伯認為：

這是熱衷翻案的時代 叛逆的年頭
大舉溯返治洪的初期
迫近神話未經修飾 多苔的內殼
看鯀那鏢槍樣的眼神
如何串連眾水族的歧見
悲痛著每一具沈溺，
未知的相繼出土
歷史將痊癒多疤的面龐。

6 我問鯀：

「沒有埋沒感？」提高聲量：
「相對於無限膨脹，禹收穫的讚美」
「我很清楚——自己的坐標」
「不需要補鑄銅像？」
「拯救本身，豈非更崇高……」
一尾滿足，安詳游歸他多愁的眉宇。

7 洛書歎息：

粗韌布衣與龍袍不休的摔角
倒映出一湖湖善變的神話，
掌聲或噓聲——最不固定的可能
時間冷冷地反覆裁決。

——一九九二年七月．選自文史哲版《再鴻門》

再鴻門

1 閱讀：在鴻門

來，坐下來，翻開你期待的精裝
展讀這件古老的大事，在烈酒的時辰
在遺憾叢生的心理位置。

如你所願的：金屬與流體的夜宴
音樂埋伏在戈的側面，像鷹又像犬
偉大事件的構圖不留縫隙
氣氛裡潛泳著多尾緊張的成語
你不自覺走進司馬遷的設定：
成爲范增的心情，替他處心替他積慮；
情節僵硬地發展，英雄想把自己飲乾
你在范增的動作裡動作
形同火車在軌上無謂掙扎
劍舞完，你立刻翻頁並吃掉頁碼！
也來不及暗算或直接狙殺
你的憤恨膨脹，足以獨立成另一章。

來，再讀一遍鴻門這夜宴
坐進張良的角色，操心弱勢主子
會有不同的成語令你冷汗不止。

2 記史：再鴻門

是一頭麒麟，被時間鏤空的歷史
是一頭封鎖在竹簡內部的麒麟
「沉睡，但未死去。」
司馬遷研磨著思維與洞悉
在盤算，如何喚醒並釋放牠的蹄。

敘述的大軍朝著鴻門句句推進
「這是本紀的轉折必須處理⋯⋯」
「但有關的細節和對話你不曾聆聽！」
「歷史也是一則手寫的故事、
一串舊文字，任我詮釋任我組織。」

寫實一頭遙傳的麟獸
寫實百年前英雄的舉止與念頭
再鴻門——他撒豆成兵運筆如神
　　亮了燭，溫了酒，活了人
　　樊噲是樊噲，范增是范增
歷史的骷髏都還原了血肉——在鴻門！

劍拔弩張的文言文，點睛的版本
麒麟在他嚴謹的虛構裡再生。

3 構詩：不再鴻門

本紀是強悍的胎教定型了大腦
情節已在你閱歷裡硬化
可能結石在膽，可能開始潰爛盲腸
八百行的敘事無非替蛇添足
不如從兩翼顛覆內外夾攻！

但我只有六十行狹長的版圖
住不下大人物，演不出大衝突
我的鴻門是一匹受困的獸
在籠裡把龐大濃縮，往暗處點火⋯⋯

不必有霸王和漢王的夜宴
不去捏造對白，不去描繪舞劍
我要在你的預料之外書寫
寫你的閱讀，司馬遷的意圖
寫我對再鴻門的異議與策略
同時襯上一層薄薄的音樂⋯⋯

——一九九五年五月．選自文史哲版《再鴻門》

在南洋

在南洋　歷史餓得瘦瘦的野地方
天生長舌的話本　連半頁
也寫不滿
樹下呆坐十年
只見橫撞山路的群象與猴黨

空洞　絕非榴槤所能忍受的內容
巫師說了些
讓漢人糊塗的語言　向山嵐比劃
彷彿有暴雨在手勢裡掙扎
恐怖　是猿聲啼不住的婆羅洲
我想起石斧
石斧想起　三百年來風乾的頭顱
還懸掛在長屋——
並非一罈酒　或一管鴉片的小事
開疆闢土　要有熊的掌力
讓話語入木三分
我猜　一定有跟黃飛鴻
同樣厲害的祖宗
偷學蜥蜴變色的邪門功夫
再學蕨類咬住喬木
借神遊的孢子　親吻酋長腳下的土

在南洋　一夥課本錯過的唐山英雄
以夢爲馬　踢開月色和風
踢開土語老舊的護欄
我忍不住的詩篇如茅草漏夜暴長
吃掉熟睡的園丘
更像狼　被油彩抽象後的紫色獠牙
從行囊我急急翻出

必用　及備用的各種辭藻
把雨林交給慢火去爆香……
就在這片　英雄頭疼的
野地方
我將重建那座會館　那棟茶樓
那條刀光劍影的街道
醒醒吧　英語裡昏睡的後殖民太陽
給我一點點光　一點點
歲月不饒人的質感
我乃三百年後遲來的說書人
門牙鬆動
勉強模仿老去的英雄　拿粗話打狗
嘿　莫要當眞
我豈能朽掉懸河的三吋
在南洋　務必啓動史詩的臼齒
方能咀嚼半筋半肉的意象叢
出動詩的箭鏃　追捕鼠鹿
和一閃而過的珍貴念頭
請你把冷水潑向自己
給我燈　給我刀槍不入的掌聲
我的史識
將隨那巨蟒沒入歷史棕色的腹部
隨那鷹　剪裁天空百年的寂靜
聽　是英雄的汗
回應我十萬毛孔的虎嘯　在山林——
不要懷疑我和我纖細的筆尖
不要擠　英雄的納骨塔
已佔去半壁書桌
我得儲備徹夜不眠的茶和餅乾
別急別急　史詩的章回馬上分曉
在歷史餓得瘦瘦的南洋

——一九九八年十月．選自時報文化版《盡是魅影的城國》

埋怨

埋怨　像顆粒很粗的磨砂
在追捕　想鏟平
都市臉上大大小小的問題
然而粉刺頑劣
老是長在詩的邊緣

好比青蛙埋怨牠的井
我們喜歡埋怨
接踵的公車和新聞
道地的老人和滷鳳爪
工整的捷運車廂和馬市長
連一丁點欣賞
都談不上

有什麼好埋怨的呢？
我們把幾千個教授種在市區
長出台大師大和誠品
我們強調文化與高學歷
偏偏神的旨意
栩栩如生
坐落在相去不遠的松江路
路人連一棟像樣的大廈
都舉不出
隨手掏出幾張
急急如律令的符咒
不說地址　可大家都懂

我們深信科學
的背面
永不過期的檀香
關老爺不容質疑的丹鳳眼

在市區
關照我們皮包鐵或鐵包皮的命運
無數個例子
註釋在生活艱澀加詭異的位置
我們不得不深信
教授們
謄寫在黑板之外的冥冥
造化弄人如逗狗
給你跳蚤
給你骨　給你癲痫
再給你符　符上盡是讀不懂的僞草書
在市區
車子得到新的無鉛汽油和法律
神得到廟
人得到上上籤
狗得到狠狠的一腳　和

包子大小的慘叫
我們在民權東路　邊走
邊埋怨：便利店眞夠遠
吃在嘴裡
又埋怨：好一個狗養的
速食主義者的春天
然後行經
三十家湘粵客閩日法美義的餐廳
持續埋怨　視而不見
在廟和大學並肩而立　互通有無
的市區
我們享用完
再用詩來凌辱所有的便利和工整
一體之兩面
一魚之三吃
詩人吐出四兩油膩的笨選擇

讀者吞下五斤困惑的怪見聞

詩與事實私生的市區
我們埋怨一切
連自己都覺得自己
很討厭

——二〇〇〇年七月・選自時報文化版《盡是魅影的城國》

簡寫的陳大為

簡寫的「陈大为」，整整少了八畫
退還了各種古中國的意象
詞的運用萎縮
好比形容犀鳥只用簡單的「龐然」
「垂天之雲」乃不可思議的譬喻
中文節節敗退　退到烏江
如霸王卸甲　簡掉形聲的奧妙
四季簡成一季
身分證簡去了廣西和桂林

夜色垂直　如大寫的M
以立碑的姿態空降
龍　自華校的操場負傷而逃
剩下一些成語：
「苟延殘喘」、「薪火相傳」
在拼音的國教體制之外
「碩果僅存」的唐詩
跳下黑板　用嘹亮的平仄逼我去聯想
所謂的北國
都不知長什麼樣子的冬天
以數學　我把中午減去四十度
那雪呢　大雪紛飛或小雪初晴的畫面
冰箱豈能當作冬季的簡寫

在怡保 我讀著簡化的「中国文学」
走進書店 書籍簡化成文具和字典
我的世界被字母圍剿
卻常常聽到：五千年的文化
「文化」僅有空洞的八畫
連儒家 都簡化成演講者的口頭禪
這裡頭 沒有誰讀過四書
只會把告子的「食色性也」
誤作孔子傳世的名言
總之大夥兒喜歡簡寫糾葛的狗政治
繁複的移民史
整大個吉隆坡簡寫成
一個葉亞來
葉 再簡寫成：叶
連植物 都失去起碼的草樣子
崇尚簡寫的華社需要一部
繁體的文化大辭典
精準的文字學
把叶還原成葉 把儒家
研讀成十三經不必標點的鏗鏘文言
我不願被姓名簡寫
尤其蠢課本 和那條虛脫的龍
從辭海 我結識一匹
無從簡寫的麒麟
跨越文言與白話 都市和城池
用先秦散文和後現代詩
來塡飽我的聖獸
我保證
不會讓南洋久等

——二〇〇〇年九月．選自時報文化版《盡是魅影的城國》

我的敦煌

我的敦煌很醜
都是洞
都是你不感興趣的老內容
佛要我把祂還原成爽口的陶土
飛天成煙
經成夢
木魚成那樟樹的心房垂危在斧中

某人寫實的念頭讓我虛幻的敦煌
有了
栩栩如生的藉口
蜃樓被印證成千年的城
駱駝　被譽為文明之一種
後來叫窟的洞穴一字排開
吹奏如笛
在沙暴　剛柔並濟的懷裡
我試圖為我的敦煌
草擬一個義不容辭的主題
替你的眼睛
配上跋涉萬里的器具
交代一些老朽的事物　和星圖
讓你有一條似是而非的絲路

不曾到過敦煌的我
在台北述說
十分宏偉卻有待顯微的廢話
駱駝和沙暴　掩護我不知所云的嘴型
好些被大膽冒用的譬喻
跑出來　喊冤
沒被貼切寫中的詞
到別處

經營他們所剩無幾的意涵
我很醜的敦煌
遂長滿了歧義的灌木
一朵閒雲　突然成了隋朝的隱喻
一隻腳印　榮升爲唐僧的聖蹟

我沒有到過的敦煌
在測試
可能也沒有到過敦煌的你
你提起王圓籙　伯希和
聽過　但我不認識
反正學者和車隊就這麼來來回回
奔波了百年
佛好累
飛天都坐下來小睡
我的敦煌坑坑洞洞　還是很醜

——二〇〇〇年十月・選自時報文化版《盡是魅影的城國》

吳菀菱作品

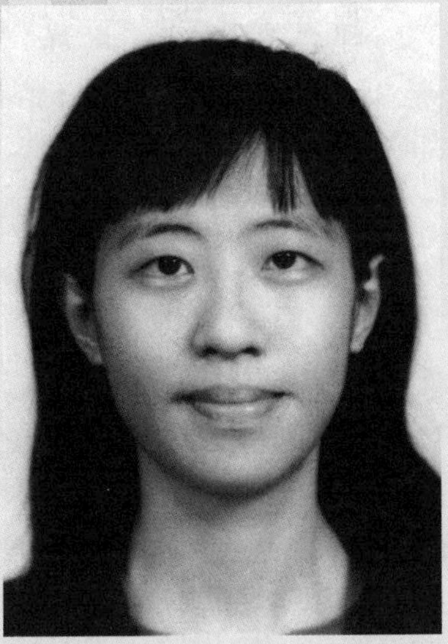

吳菀菱

筆名言葉。台灣台南市人，1970年生。由小說跨行藝術界及詩壇、女性主義科學、佛學等。曾獲府城文學獎、中國時報徵文獎、輔大文學獎、台灣新文學雜誌小說獎等。

關乎緣分

愛意張備門牙
叩啓萌生的好奇
男方巧妙地
傳遞摯念
女人用珠寶箱
收集秘密的
濃情蜜意
夾著蘭尾的貓
越過門檻
發出肚腸的空虛
回聲
飽足地
與闇夜打招呼
保持虔敬
的迷信
滿地銅板
將釋放
幸運
川流不息
據說
辰星的睫毛
會澄洗誤解
回復清明

——原載一九九二年十月二十三日《文藝薈萃》

措詞的距離

樂譜・光譜・食譜・族譜・年譜・
花季・雨季・舞季・冬季・稻季・
黃曆・年曆・月曆・日曆・週曆・
鬼火・慾火・營火・怒火・縱火・

軌跡・足跡・事跡・遺跡・痕跡・
分際・天際・國際・邊際・此際・
年度・溫度・密度・濃度・長度・
水面・路面・層面・平面・側面・
口徑・行徑・路徑・田徑・尺徑・
地位・神位・座位・牌位・車位
天庭・門庭・家庭・法庭・園庭・
脾氣・喜氣・神氣・勇氣・闊氣・
趣味・興味・氣味・腥味・騷味・
前程・旅程・過程・行程・里程・
誠實・老實・忠實・平實・果實・
快遞・轉遞・傳遞・郵遞・投遞・
天空・星空・防空・挖空・領空・
地質・實質・品質・素質・人質・
眼界・世界・冥界・境界・臨界・
年級・階級・超級・分級・留級・
秩序・次序・順序・時序・年序・
手續・持續・繼續・連續・延續・
時間・空間・隔間・中間・離間・
場域・地域・領域・沙域・異域・
客體・主體・身體・具體・形體・
異化・矮化・變化・醜化・美化・
釋放・解放・播放・奔放・流放・
人格・國格・神格・風格・方格・
佛性・天性・脾性・人性・個性・
姿態・型態・神態・體態・時態・

——原載一九九五年一月二十八日《台灣立報》

摩登女郎

我有兩枚手榴彈的新保守主義
我有兩隻絲襪的超現實主義
穿上一頂鴨舌帽的獨裁主義
套起兩隻叮噹作響耳環的資本主義

加上十雙高跟鞋的達達主義
換上一付太陽眼鏡的激進主義
我有五件比基尼的立體主義
還有八個月花花公子的教條主義
擁有十打珍珠項鍊的托辣斯主義
啣著Virginia Sims香煙的女權主義
背上一支電子吉他的拜物主義
掛著新潮雞血石戒指的史達林主義
以及數條藍色領帶的馬克思主義
一頭清湯掛麵假髮的清教徒主義
我有一輛保時捷的無政府主義
數幢樓中樓別墅的殖民主義
還有一件性感內衣的神秘主義
外加三打紙褲的現實主義
攜帶耐用名牌傘的法西斯主義
月用五包舒潔衛生紙的魯迅主義

——原載一九九六年十二月《台灣詩學季刊》十七期

童話故事

想咬你的靜脈動脈手指腳指
將瞳孔摘下來含在嘴裡融化晶瑩
你悽烈地喊叫像隻咆哮的狼犬
我昧著良心竊笑著巫婆的嗓音
如此正統的資產階級消費
被牆角的撲克魔術師
邪扭爲虐待狂被虐狂的公式
除此之外
染上戀物癖的我
異常想念手槍棍棒保險套絲襪
帶有鐵銹襠腥羶的花盆水瓶
以及陽剛的渦輪引擎馬達螺旋槳
尚未形成雛型的泥羅河女兒
最近用聲納電波嚷著要出生的訊號

貼進濃厚黑鬍沉穩的呼息
就有毛刷和洗衣板合縱的暢快
梅毒小姐和陽萎先生
陽春麵和牛肉場
忍者龜和蝙蝠俠
鐘乳石和肉包子
ZZZZZZZZZ

——原載一九九六年十二月《台灣詩學季刊》十七期

色情刺青

用烈酒激你突暴青筋
想試探壯陽肚酣的實際效能
灑一把乾柴用燄火焚燒
啜一口交杯酒引徠洪慾
用響尾蛇的奏鳴祭祀我們的愛情
上一炷香祈拜高潮迭起
於是屈膝親臨你栽種了雄霸的胸脯
覓找蜷曲叢林中窒人氣息的沼澤
就此沉浸一脈深邃的綠洲
難以彌補於沙漠中的虛空一如
我焦渴的華西街的逡巡
手棍腿柱的交媾纏絞
使我憶起咕噥的腸道
總是定時飢嚷著蠕動
舉火將閃亮的紙錢燃放
鞭炮擎響爲囍慶的永恆誌念
寧爲你妖嬈的專屬妓孃
而非靜待攻勢的在室妻妾

——原載一九九六年十二月《台灣詩學季刊》十七期

李俊東作品

李俊東

台灣宜蘭人，1971年生，東吳大學中國文學系畢業。曾任《GQ》男性雜誌國際中文版副總編輯、蕃薯藤網站駐站作家等。曾在全國各大報紙副刊一年內發表超過100首詩。詩並未集結出版，其他作品方面著有《打開藏愛的冰箱》、《情人就像一隻貓》、《12星座生活玩家》等書。現代詩曾入選《台灣文學選》、中國詩歌藝術協會之《中國詩歌選》。1992–1994年連續三年獲雙溪現代文學獎詩獎，1995年獲台灣省巡迴文藝營現代詩推薦獎。

在詩戰場中舔舐自己的傷口

「我的志願是當一名詩人。」
曾有一個孩子對我說
那年，當第一首詩被徵召入伍後
你遂慷慨走進詩的戰場
無人餞行的夜裡
有腳步聲傳來寂寞的微笑

在砲聲尚未響起之前
見你專注地打著游擊戰
戰場中，沒有專屬的軍團
沒有領餉的單位
亦無效忠的領袖

「詩的國度裡，我只信仰我自己。」
你臨走前留下一紙短箋，很自信

偶爾，戰區裡傳來激烈的戰況
每一期傷亡名單中都見你的名，
死亡的過程像剝一隻筍
世界是一大片抽痛的竹林，
想起靶場練習的輝煌成果
拂曉作戰時自忖要死在烽火裝飾的沙場

書寫遺書是種無以狀名的快感
寫詩與死亡都是種難得享受的欲望
縱使無人授階仍自封軍爵
身軀早已準備好奉上爲詩的犧牲
沒有足夠的夜讓人睡眠
在陰暗處倖活是可恥的
於陌生的詩戰場漂流

讓思想成爲孤獨的兵團子弟
那些踐踏別人屍骨前進的狂徒啊！
就讓他們在武裝中武裝，在潰散裡潰散
所有關於命運、天堂與夢的傳說
夜行軍疾走的步伐下靈感同聲詛咒，
謠傳你在日昨的戰役裡殉詩
道德淪陷區的集中營裡
且有許多詩壇巨匠被俘虜支解的器官

今夜，孩子別哭
在詩戰場中漫步非關孤獨
寂寞地舔舐自己的傷口
光榮不在於立碑，難在尋找志同道合的袍
澤
「請待我如兄弟，殘忍中
我仍奢求著一絲溫柔。」

「一切都爲了一首詩。」
主事者在夜半裡宣布宵禁，群情嘩然
你槍桿子的子彈猶未上膛
寫在出征前驛站旁酒館牆上的短詩
墨仍未乾

——原載一九九五年十二月《聯合文學》一三四期

垃圾之歌

就這樣，垃圾在歡呼聲中被扔進河川
而後是傲氣漸失的循環死亡。
塑膠袋大軍建構著不朽的神話，
保麗龍免洗餐具躺成一具具浮屍，
綠黴在水面上反覆刺繡，
油漬開出一朵朵絢爛的水花。

被人類精選出來的歡樂殘渣：
保特瓶、鋁箔包、汽水罐，
在爛泥堆裡篆刻書畫。
水流哽咽著藻類的陰鬱，
這是一所超大型的停屍間，
雞鴨狗豬的殘缺軀體證實水有浮力。
垃圾指揮官，
日日夜夜進行破壞與建設，
把抽搐遺傳給安息的漩渦，
將痙攣感染給乾涸的沼澤。

市街的河，是一條七彩斑斕的裹屍布，
擠滿罹患嚴重哮喘心臟衰竭的魚群，
綿延數公里的送葬隊伍，
垃圾帝國的領袖正在進行就職典禮。
溝鼠、蚊蚋、蠅蛆都是效忠的子民，
誕生，齊頌陰暗生命的美好。
穿著登革熱大禮服的一灘死水，
戴著輝煌的病毒冠冕走來，
蟑螂、蝨蚤、細菌們誓死擁戴。

單色影印機

站在影印機面前，茫然
選擇，於一排排的數字與符號之間
生活是十根手指頭：

按鍵
放大無力感：150%
縮小成就感：70%
放大倦怠症：121%
縮小自尊心：50%
指令，重複、重複、再重複

工作量：A3
計劃進度表：B4
會議記錄：A4
薪水……

歲月將自己運轉成一部
高效率的單色影印機，
免換碳粉，毋須送修。
印壞的思緒，
全交給心情碎紙機處理，
自動，或
手送。
無數個昨天快速刷過，
我將平板的臉孔貼熨在影印機上
感光，無限次。

青春是一疊疊等待詮釋的紙，
拷貝，單色
荒蕪的臉上，我知道
時間會走過。

丁威仁作品

丁威仁

台灣基隆人，1974年生。中興大學中研所碩士，現為東海大學中文系博士候選人。現任逢甲大學、東海大學中文系兼任講師，教授新詩與大一國文等課程。著有詩集《末日新世紀》、《反正是詩》等。曾獲教育部文藝創作獎新詩組首獎、台中風華全國徵詩比賽推薦獎、全國學生文學獎、東海文學獎新詩組首獎。

無調性的戰爭格律

（組詩）

一 戰爭內的格律

帶著白色手套的男人，用鱗片呼吸
人們總會曲解他的存在，無關乎
母親的暴躁、遲歸的候鳥，或是河岸邊
弟弟左腳輪鏈的吻痕
從此，他再也不提起戰爭
自行車、賞鳥、空罐頭、父親的臉等等之
　類
或者：有關於寫實主義的砲彈
象徵主義的太陽
後現代主義的女人
和月光。

而戰爭是沒有格律的
首句押的是機關槍的連珠聲響
雖然，他家厝邊的阿桑
依舊在廚房拍打砧板的活魚
與孫子半夜尿濕的內褲
但戰爭是有格律的
與轟炸機對仗的坦克
踏著和諧快樂的步伐，用砲彈
招呼孩子的笑容
雖然，孩子的臉被放成了
風箏

帶著白色手套的男人
他的女人抱著破裂的磁瓶
他的母親倒臥，覆蓋扯爛的草蓆

他的弟弟還沒有登錄生日與姓名
他力圖思考避雷針與總督府的共犯結構
卻發現政府需要一點點
骯髒的業績。透過戰爭
他終於懂得捧著天空
哭泣

據說，失去孫子的阿桑
瘦成了一根避雷針
他則緊握妻子託付的半對眼珠
流浪，帶她看看
戰後第一個，春天。

㈡戰爭外的格律

那個失去狗吠的夜晚
令人髮指的冷鋒在廢墟夢遊
黑貓叼著魚腥氣味的半截指骨
在假寐的坦克旁溜達
啊，一顆流星斜斜的裸體
撞入無法押韻的城市格律裡
像，妹妹的哭泣

陰天。失明的死神攤開雙手
無所謂地販賣各種型號的溫柔
陰天。給坦克一個機會說謊
暮色裡，母親咬斷死胎的臍帶。在陰天
綠色的牡蠣、過期的蔥、淪陷的發電廠與
一首被街頭運動唾棄的詩
都被砲彈登報作廢
這就是沒有階級的天空，因爲戰爭。

那是一個連語言也報廢的時代
阿伯的假牙總是抗議自己的殘缺
他們說：我們不需要知識分子

我們需要作廢性別，因爲偉大的謊言
甜味恰到好處。廢墟確是一個巨型的盒裝
　潘朵拉
打開後，假牙將主動學習
人類的舌，所以
請，從身分證裡趕快逃走
這國家不應祇是人民團體基金會

我們需要假牙抗議自己的殘缺
當童年被吐成泛黃的煙圈
沒有階級的愛是戰爭唯一目的
那個失去狗吠與妹妹的夜晚，黑貓叼著
魚腥氣味的D罩杯：黏著一顆乾淨的飯粒
　像淚
雖然，弟弟的落體與斜斜的裸體
在交媾時的指稱詞
都已倒裝
戰爭後，兌換代幣
就可以操弄知識分子胯間的
所有秘密。

(三) 失去格律的戰爭

地表打算印製新的雜音
街道散落一些腐爛肢解的姓名
所有建築在舞台前低頭祈禱
某些正在呼救的唇音，來自巷子末端
嘈雜的吉普車上，那群
低階的軍人正在拓印情慾
他們說：在戰爭中不需要字典
當我們進駐死亡降生的斷層臨界
請，諦聽神的詮釋

我們記憶中的美夢必須打烊

那些靈魂被弔死的生命
那些影子失去重量的親情
每一顆無夢的腦都沿著街道流浪
總之，我們無法拒絕
無法拒絕族譜內的姓名改變重組

刪節號充斥島嶼內外
老婦的額頭被焚風刮過
皺紋夾頁孫女生前的笑容
何時裂隙內纔會長出一株陽光
如，童年重新破土而出

讓我們分享悲傷的動詞
手術島嶼已然早產的陣痛
或許，應該聆聽先知曾經旁白的歷史扉頁
書寫神的質問與承諾
神說：我將追討你們多餘的黎明

其實，所有的格律都指涉愛。

——二〇〇一年「教育部文藝創作獎新詩組首獎」

素描大屯：斬頭筍的鄉愁

老採筍人

以鐮刀剜去竹仔坑疲倦的胎記
當城市依舊繁殖高分貝的誘人煩躁
　斬頭筍卻是有效的抗憂鬱劑
當湍流以爵士的節奏切割紅面猴炭
　它們說，枯水期不適合筍尾
　　　　　　　　冬眠

　斬頭筍向天祈求一季雷雨
別誤會，它們不是孤僻的植物
猴炭爲了減輕負載的重量

強迫斬頭筍移民鄉愁、放棄童年
　我不是優秀的採筍人
　卻總是錯過採收的季節
　當島嶼遺忘童年時的暱稱
斬頭筍也在學習如何分娩哭泣

　　這是一座恆溫的島嶼
初生的城市連翻個身都會啼哭
　它們駭怕青春期就被迫
　　冬眠。番仔寮裡
　老採筍人拄著枴杖踉蹌
他堅持在此站成一株神木
　等待浪跡天涯的筍尾
　　能夠永遠定居

斬頭筍是證明血緣關係的重要標誌
　當，大屯鄉愁氾濫
　　　　並期待島嶼
　　　　認領時……

——台中風華全國徵詩比賽推薦獎

我們撿到了一群新世代

——二〇〇一年十月十一日讀聯副有感

我們撿到了一群新世代
像小解一般容易

而我們眞的撿到了一群新世代
像統一發票對獎當天
十張兩百圓的廉價快樂

就懸吊在你家的樑柱頂端
符咒式的催眠你的詩

突然，我們撿到了一群新世代
一群擅於運用暴力的蒼蠅
對早餐發動盲目的恐怖攻擊
不停的產卵
繁殖各種奇特的部首

而我們眞的撿到了一群新世代
十五圓的印刷成本
從終端機外移植謊言
強迫其他屍體聆聽催眠的咒語

終於，我們撿到了一群新世代
一枚埋著龐克造型的頭顱
被供奉在忠烈生祠
我們必須頂禮
膜拜

而我們喪失了一群新世代

鯨向海作品

鯨向海

本名林志光。台灣桃園人，1976年生，就讀長庚大學醫學系。曾是BBS山抹微雲藝文專業站現代詩版版主。作品散見於各大BBS站、WWW詩版、電子報或平面詩刊報章。著有詩集《通緝犯》等，曾獲全國學生文學獎新詩首獎、台北市公車捷運詩徵選首獎、全國優秀青年詩人獎、教育部文藝創作獎、PC HOME網路文學獎首獎等。

一星期沒換水的夢境

又湧起了這麼多意志
一頭大翅鯨融解在海裡
魚骨巨大斑駁
颼颼還在向前游去

——二〇〇〇年三月十八日・選自木馬文化版《通緝犯》

雨使這個城市的線條起了變化

雨使這個城市的線條起了變化
我不再動用那麼多字句
撐傘到浪漫的地方去
尋找相愛的原因。
關於在旱季我們沖涼，
吃飯，睡覺，隱隱作痛
用剩餘的時間做愛
關於陽具形狀的冷氣機
高級再生紙的燈罩
一瓶葡萄酒在床上枯萎了
有人不經意又化成一隻蝴蝶
停在電腦深處

等夜躍窗而去。
最純淨的一道光線在身上游移
那一瞬間終於感到榮耀，關懷，熱氣
藍色矢車菊的牙刷
軍艦鳥一般飛行的馬桶
報紙上的消息卻依然是壞的
當有人不小心又伸手攪動黎明

陽光停了。
枯坐有瑕疵的餐具之間
進食者思維難以潔淨
我們的時代充滿了擺設
陷溺海溝裡的屋子
家具洋流其中，漩渦其中
人生是一大片浮油，面無表情在海嘯之上

寂寞將一切污染。
什麼樣的沙發椅失去了感傷
什麼樣的電視機失去性慾
然後襪子來了，西裝來了
手機掃射這個城市
冰箱裡盡是死去的企鵝
在時間的北極
有人的笑話總是
太冷太冷

太冷太冷
霧氣撩人的床單
灰喉山椒鳥的領帶
有人始終無法長出翅膀
然而我們也曾經飛過
被擲成同樣點數

下注過同一片天空。
在吻別之後，不再動用那麼多字句
整張臉瞬間被捻熄
腐爛，渙散，方圓百里的黑暗
又得出門去

——二〇〇〇年六月十三日・選自木馬文化版《通緝犯》

候鳥

五月底的最後一天
天空下起雷雨濺濕了翅膀
我們無所事事
決定組一個鳥社
我們定期集會
告訴你我還愛誰
交換不同的雲
把長頸埋在山水之間
夢見一本自然生態寫眞
生活啊，這就是生活
但我們應該組一個鳥社
以抵抗那些詩人
我們是候鳥
並不只是十四行又十四行
那樣單調地飛

——二○○○年六月十九日作・選自木馬文化版《通緝犯》

賞鳥必備・超能力

1

與一棵樹對望
心裡長久以來那個想法
已經爬上樹
你說如果我也那樣啄
即使億萬年已經過去
依然那麼認眞努力地
，啄
可不可以就
啄出夢來

2

茂密而蒼翠地
與那些古蕨地衣
站在同一條雪線上
直到山嵐飄過來
花瓣停在身上

就坐在那裡
絕句被吟出來的地方
如一顆松果，若有所思

不斷模仿那些鳥聲
山裡面
巨靈們十分安靜

3

如果看見稀有鳥種
必須隨時可以
長出翅膀

追趕而去

4

在夢境海拔
三千公尺以上的地方
連山都搆不著的天空
所有的雲都踩在腳底了
還是不肯闔上眼睛

有些鳥
是從意志裡飛出來的

——二〇〇〇年十二月十九日．選自木馬文化版《通緝犯》

在健身房

我們已經決鬥過了
在健身房
鹹濕的汗水
如炸藥毀壞一切
重新拼湊堆疊
我的靈魂我的肉體
城市方圓百里的戰火裡
這是唯一的磐石和迫擊砲
在優雅的滑雪跑步機上踢正步
彷彿千萬里路
才起跑也就是終點了
彈性地板上的集體遊行
恰巧有一聲喘氣是來自我的身體
在按摩浴缸中裸裎相對
朋友，我其實從未認識過你
我是這樣的一個會員
在一個時代輝煌的晚風中
專注於
胸腹肌理的造山運動
走出健身房
剛剛被清洗過的肉身
繼續有風雨聲排闥而至
疲憊與孤寂
就這麼一天天壯大起來

——二〇〇一年七月十七日・選自木馬文化版《通緝犯》

致你們的父親

父親，我可以對你坦白嗎？
我是G的。
我和你有多少分相像？

你也是G的嗎？
如果有一天我也愛上一個像你的男人
你能夠原諒我嗎？
受困苔蘚蔓生的城市
從健身房浪跡到游泳池的旅程
眼神交換之際
突然綻放的肉體
我如何保持安靜
「我愛你」
絕非埋葬在兩人間的私事
怎樣的愛人在我後面？
怎樣的愛人願意來到我的下面？
你不想知道嗎？我是你的兒子
也是戰火中的同志
第一次，請讓我
如是活著
青春到了最鮮豔處
隨時可能蒸散
父親，我可以對你坦白嗎？
前方風雨仍無止盡
愛我的男人都來了
渾身濕透，像你
仔細擦乾我的身體

後記：

父親節，獻給所有與父親失和，或本身也是父親的男同志。

——二〇〇一年七月二十八日．選自木馬文化版《通緝犯》

楊宗翰作品

楊宗翰

台北市人，1976年生。現就讀於佛光大學文學研究所博士班，主要學術關懷圍繞現代詩與文學史議題，並旁涉台灣文學及文學批評研究。著有詩合集《畢業紀念冊：植物園六人詩選》，另有詩論集《台灣現代詩史：批判的閱讀》與《台灣文學的當代視野》二書，並主編「林燿德佚文選」五書。設有個人網站「楊宗翰的詩文學異議空間」（http://fly.to/writer）

革命

有時是狗有時是貓
天空中我們的誓言
餅乾碎裂
我該不該將你壓縮成一檔文件
並且加上幫助遺忘的書籤
愛情在一排鍵盤上醒來
會議中途請假裝離開
現場錄製的音樂會
有人咳嗽
在淡水河胸口撒鹽已經第九十九次了
卻永遠不是最早那一個
時間軟如影
光雕塑著影子
水即將煮老我們的一生
……
別擔心這只是敘述練習
就像其他名目的練習
一場日常練習

——原載一九九八年三月《台灣詩學季刊》二十二期

夜遊

夜遊習慣戴墨鏡
抹黑與天的距離
是心情雕塑出風景
看芒草放牧
滿山星群

——原載一九九八年五月四日《中央日報》副刊

物色

「物色相召，人誰獲安？」

——劉彥和

(一)

「物色已染遍了秋風……」紙幣上
那些再也走不出來的人頭
竊竊聚訟。交響樂已經開始
——我還在途中

(二)

他們笑裡透紅。
所有被按鍵愛撫中的
手，溫習少女乍熟的嬌羞
收銀機不意竟笑紅整片天空
順便輸點血色給父祖
墳塋裡純黑的生活

於是一切都快樂起來了！
在霓虹燈見證下，軍官們搶先宣佈：
這是和平的生活

噢多麼和平的生活——
當晚霜與潤滑油交替使用
所有潑出去的數字夢裡
一起回頭

(三)

飛起來——塑膠袋
請飛起來。起來看看
這城市如何
被足跡壓得飛不起來

起來，有牌或無牌的都
飛起來。起來俯視人類腫胖的夢
用你的好胃口多少
盛點黑暗走

（——別忘了我）

（四）

有人用電話說有人用電話
聽——我用電話猜想
世界

長寬薄厚。無線
是多少距離？話有多細
筒剩幾升心……

（未出口的
——滋養幾分利？）

（五）

總算趕上了黎明——
時人們總算
趕上天地泌出的醬色
沾一點在手心（再多些
多些——就更像人了）

——原載二〇〇〇年三月《台灣詩學季刊》三十期

搖頭詩

——復樂園傳真

在我年輕的飛奔裡
藥丸是迎面而來的風
晚風在人聲下開舞，群哨在電音裡鼎沸
那掉落一地的青春和螢光棒就要溢過項頸
（遲遲無人出頭認領）
夜是那麼地短，幸好生命還能長過左右搖
　擺的間距……
只求時間變成一條永遠擰不乾的毛巾
有水滴　滴　滴　滴入嘴裡
渴啊！渴望宇宙是座巨大泳池

我們都是水滴，輕輕接觸便狂喜溶為一體
溶去統獨、性別與階級
溶入愛和失憶……
倚著吧台，我也腐朽了
變成一截漏水不舉的詩筆
只是健康了些
休閒了些

——原載二〇〇一年十一月九日《聯合報》副刊

孫梓評作品

孫梓評

台灣高雄人，1976年生。東吳大學中文系畢業，現就讀於東華大學創作與英語文學研究所。著有詩集《如果敵人來了》；另有散文集、小說集、報導文學等作品多種。

如果敵人來了

如果動物園裡沒有獅子沒有老虎沒有
長頸鹿，如果
在那之前。熟悉的字眼圍困所有城市的
出口，如果
我們在星期天說出第一句髒話
然後睡去。總會有些什麼來臨

一場雨，落在身後的窗子外面
打醒迷路的痲雀。我們私下蠱惑
記憶的把戲，通常，不甚迷人
於是翻身，睡扁一道皺紋
叫鬧鐘閉嘴。火車駛向童年田野
小路上的蝴蝶

眼淚被信紙承接在昨夜，關於死亡
想像說了一些。沉默說了一些。
我們用手和腳聆聽相同的音樂
向每一段字眼中的憂傷告別
如果沒有開始就不必結束
如果開始：

房間開始傾斜，往愛的身上倚靠
想念是一種復古的流行。輕盈和沉重
的臨界點上，陽光流動著
猜疑流動著。我們
在晚宴上分享彼此的背叛，用微笑
拭去眼角殘餘的信仰

拭去。過多的關心和溫暖。在籠裡
豢養螞蟻，或者孤獨
生活是一張多事的CD。是誰說：

都沒有快樂的歌嗎
翻遍了櫃子
發現：只有咀嚼才是唯一的眞實
烹調欲望。吃吃吃吃，烘焙夢想
吃吃吃吃。吃掉一間屋子一條道路。吃吃
吃吃。吃掉日出，吃掉饑渴的，厭惡的。
吃掉餅乾。群眾的口水。一本書。
一個飽嗝之後。

已經有太多漂亮的話。我們的床重新
飄流在海上，路過第一次約會。第一次
分手。和權力約會，和青春期分手。
在城市邊緣的崗哨上，遇見
獅子老虎長頸鹿。牠們都長大成人
和你我並無兩樣

星期天早晨的第一句髒話於是
滾落唇邊。成爲修辭華美的
祝福：
如果敵人來了
如果敵人來了
如果是自己

——二〇〇一年．選自麥田版《如果敵人來了》

夏日邊界

日光咒語

黑暗從第一句開始，我懷抱著跳躍而生鮮的
情感，追溯陽光穿刺窗櫺前的四方形夢境
公路漫長，奔馳過無調性海洋：
（我懷抱著你蠢蠢欲動的背叛，窄隘座椅

上你無法靜靜睡去，因著另一具可能的幸
福你必須不斷刺殺自己，我噓聲要求這世
界給我一點點完全的黑暗。但我們被征伐
被困擾，被圍繞，你攤平多毛髮的身子以
濕潤的唇告訴我的耳朵：到站了。）
我懷念著變形的咀咒，知道瞬間的滅逝暗示
著開窗的
必要性。我的左耳仍吞吐著短暫的顫抖
那是海洋撲滅繫連時光的公路，失色夢境淡出
我懷孕著你的唇語，直到你不再說。

月亮一九九八，一九八八

盈了又缺、缺了又盈的時間啊，在我的
夏日方格中排列。自下弦月的孤單開始填充
一日胖似一日的CD香水襯衫磁片電影票
保險套福馬林
檸檬狀的想念還要更癡肥些：
（那年夏天我們開始建造一座死亡的塔。
因著驟然遠行的親人只留下一張空白的
臉，別無其他。
在哭泣和惶恐的演練之後，快樂的本能甦醒。
笑笑。笑笑笑笑笑。笑笑笑笑笑笑笑笑
笑。笑。笑。
終於，我們站在虛實相間的塔上遠眺。
我們被記憶放逐，在遙遠的體溫中
想起自己曾經熱過。滾燙，如一把初出火
的劍。）
肥成一個圓的日子不遠了：我自從前飛行
至今。
回憶是重重的擱淺，在朔之際，
覓一片薄薄的輕盈。

星星的隔夜茶

憂鬱的碎片漸漸沉澱，迴旋，如彼此
等待降落的謊言。我在槽前清洗你的茶的渣滓
像搓揉後剝落的體垢，自下水道開始
黑暗的悠遊。他們會散發等亮的情欲的光嗎？
或者因爲太龐大如迷途之鯨，在生活的夾縫
　中動彈不得？

（於是你說起一次被強權勒索的經驗並
想起小學時代
　常常岔出格子的生字練習簿。你害怕被
批改被指示
　被制式。然而我們終究穿上相仿的人生
制服。
　對著廣大群眾練習微笑的姿勢。
　說這些的時候你並沒有哭。）

隔夜的碎片漸漸拼湊，黏貼，如彼此
年輕的誓言。當大量的汗水和淚水蒸發
當我們無意中來到，夏日邊界

——二〇〇一年．選自麥田版《如果敵人來了》

林婉瑜作品

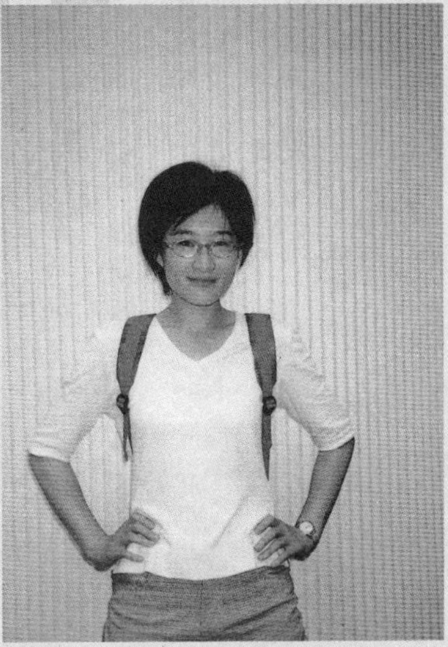

陳文發／攝影

林婉瑜

台灣台中人，1977年生。台北藝術大學戲劇系畢業，主修劇本創作。著有詩集《索愛練習》。曾獲優秀青年詩人獎、第一屆青年文學獎、詩路（www.poem.com.tw）二〇〇〇年年度詩人。

抗憂鬱劑

每個禮拜，我前去
扣問我靈魂的神
洗淨我吧
赦免我
他白袍筆挺
彷彿纖塵不染的眞理
讓我描述
我內部正在發生的戰爭
金邊眼鏡透露冷靜的眼神
醫生——
你相信柏拉圖說的嗎
我們在洞穴內
火光的倒映舞影中生活？

你也犯錯嗎？
你有一雙探進護士裙的手？
你逃稅嗎？
你想像病人的身體，一邊手淫？
你比較想和男人做愛嗎？
你爲自己寫下處方？
你心平氣和看完新聞？
你娶了你愛的女人？

所以你一方面是焦慮
另一方面是自律神經的問題
我會開些藥給你
還有什麼你覺得要補充的？
「憂鬱不是病徵，是我的才藝」
無人聽見
這抗辯

啊
神奇的藥丸
精神的明礬
我是睡了
視而不見苦楚
在安穩的夢域裡
大笑大叫
柏拉圖向我走來
帶我從洞穴離開

——二〇〇一年十月・選自爾雅版《索愛練習》

時間之流

坎坷的大度路面
暫留視覺裡的晚場色情電影
雪原上狼的夜嚎
暗中醞釀的敵意
深夜獨自行走的婦女
腦室內的耳鳴
（每當我搖晃頭顱
它們便升高一個八度）

我記得
母親溫柔地笑的眼睛
嚴厲瞪視的眼睛
死去時的眼睛

父親的鐵灰西裝
父親的禿頭
父親的外遇

美麗的夏天的奏鳴曲
美麗的秋天的銅管樂
美麗的冬天

美麗的
美麗

被話語斲傷的時刻
在鋼琴前彈奏獅子進行曲的時刻
地震倉皇逃出的時刻
悲哀得彷彿時刻凝止的時刻

直到漂在時間流上的昨日之花
在轉彎處擱淺
遠處傳來風琴手演奏的細弱音樂
我一直記得這些

——二〇〇一年十月・選自爾雅版《索愛練習》

霧中

落下以後

我才發現自己
是一片黃色的葉面

樹木垂萎以後
我才發現
自己是秋天

走錯了樓層
仍然能夠
使用同一把鑰匙開門

開錯了房門
仍然熟練地
親吻床上的陌生人

朝向南走
冰河緩緩地化解

成水，沸騰
朝向西走
日頭不再
下落

那一日
我們的內部
全起了大霧
詩人從襯衫口袋取出
最深沉的暗喻
試圖擦去水氣

——原載二〇〇二年四月十七日《聯合報》副刊

楊佳嫻作品

楊佳嫻

台灣高雄人，1978年生。政治大學中文系畢業，現就讀台灣大學中文研究所碩士班。擔任政治大學貓空行館BBS站詩版版主，並主持個人網頁。寫作以詩，散文與評論為主。平時活躍於網路，同時在兩岸三地報刊發表作品。著有詩集《屏息的文明》。曾獲全國學生文學獎、大專學生文學獎、梁實秋文學獎、台北文學獎、台灣文學獎、網路年度詩人獎、全國優秀青年詩人獎等。

大子夜歌

飲馬長城窟
針葉林沿五官遍佈
一些思想在鴟梟裂鳴中驚起
這往來移動的眼睛
醒了之後才分泌的夢
風吹過來了，有人
搬運著積雪的秘密

掩埋焚過的松柴
噤聲伏行，任苔痕滴落髮腳
有足之虺，無角之鹿
誰在額際埋伏？啊時間節節敗退
我們的魂魄早已衝出寓言的陣地
拉開了皮肉，抱著落下的首級
文字的狼煙又何能拯救
壓箱的慾望

即將閉眼的時刻
隱約聽到遠去的一行蹄聲
達達達達，替我們縫合
霧的裂隙

——原載二〇〇一年七月《明道文藝》「全國學生文學獎專輯」

時間從不理會我們的美好

讓自己沿著河流打開
彷彿一本經書
薔薇色鎧甲之中層層疊疊
向你說三萬六千法

不住不壞的金剛愛情

怎樣才算是不寂寞呢
我們美好的連神都忌妒
伸出食指，打散彼此的星系
再也不能做愛，再也不能
分娩強健的意象

眼前一片漆黑
你的電腦和我的青春一同當機
唯有眼淚還不死心地
浸濕夢的台地

我們彼此安慰
以爲幸福不過如此
湖心草深長，一千尾聽法的魚們
都已經修練完成了
我們還躑躅著，輕輕
扔一塊石頭，又被漣漪驚醒

是夜各自嘔血數升
金陵一場煙霧，還有什麼樣的江湖
可以讓我們闖蕩？
彷彿背對背站在捷運月台
說了一萬次再見
列車始終沒來

菩提本無樹。你翻開我
還是拂下了一身的塵埃

——二〇〇一年一月十日・選自木馬文化版《屏息的文明》

記載

你們堅守謬思嚴謹的律法／無悔地面

對終點。

——葉慈寫給詹森・萊諾的〈The Grey Rock〉

當暴雨季開拔了八百哩
我們乞求唯一之身形
比如以黃金鑄造額頭，以銅冶鍊眼神
荷戟時刻能夠無限承受的一付肩膀
誰也不能冒充這美好的名姓
天秤兩端，我們是
等重的鐵與棉花

那高置在雲端的
何止是千百次輪迴
不斷互換的靈魂尺碼？
附身於花朵，附身於水
一陣雲霧來了，車聲過處
徒留不知道該往哪裡避雨的兩雙足印
跟隨著你的當然是我
愛的符鎮，文字的咒降
散盡魂魄仍然不足以替你壓住
滿屋子裡振翅欲飛的
你睡前的詩意。
當然，你就是我
在同一條河道裡擁擠前行
變化爲泥，或修練成魚
唯有我才記得住
每一次沉下和躍出的速度

我們儼然是大戰後僅存的
兩名垂老的祭司
遵循著同一個神祇的法律
冬天的時候被風雪書寫
夏天來了，就躲到彼此的腦子裡

臨摹幻想中的極地，
企鵝咳嗽著，一萬隻海獅用長牙寫信
卻沒有人能翻譯我們神秘的言語

——二〇〇一年七月．選自木馬文化版《屏息的文明》

冬戀

城鎮邊陲，小孩在窗上呵氣
伸手擦去整個冬天的霧
一條小路指向黃昏樹林
那裡，有兩個人影
紅色是我藍色是你

我們穿著大衣
撿拾落下的樺樹枝，準備
回到詩的開頭
重新生火
烘暖被凍僵的馴鹿
牠們白色的茸角
還掛著脫下來的毛線手套

雪不知道甚麼時候停了
最寒冷的時候，你把我摺起來
像一方小小的手帕
放在胸前的口袋
跟著心跳聲慢慢睡著
如果還睡不著，你會耐著性子
說些波浪結凍成小丘
鯨魚全都在深海底垂釣
忘了開走的小船感冒了的故事

霧氣又慢慢地聚攏
星星升起來，小孩卻睡著了
闔上童話故事書

他並沒有發現
一縷白手套上綻脫的線
悄悄垂到了書頁外

——二〇〇一年十二月．選自木馬文化《屏息的文明》

微雨黃昏過圖書館

草地剛剛修整過
雨濺起泥土的氣味
幾枝倖存的白頭蘆葦
雨中靜立宛如
等待被驚動的背影

朱牆上一行細藤引引而去
腳步過處，兩尾藍蜻蜓驚起
雙雙翻過我的肩膊
窗後燈光熒熒

書櫃沉磊的影子井然
鐘樓上，風鼓盪著
戀人們的低語從階梯下傳來

春初的相逢已是前身了
明年，杜鵑能替我們記得什麼呢
想那時也曾在大道上遠眺此處
惟行履匆匆，不曾數算
真實的距離

——二〇〇二年八月．選自木馬文化版《屏息的文明》

守候一張香港來的明信片

一個回歸與出走
均無法被立即決定的年代

熱帶草木依舊蓬勃
耳語如蚊蚋飛翔於大氣
你說，曾在驀然迸開的
煙花中看見：天使墜毀
而歡愉的喊聲剛好蓋過一切

星座是否依舊
沿太古的軌道繞行
意識微涼，當暴雨毫無預警
擊打著書店的窗玻璃
霓虹管是胭脂慢慢溶解
節慶之後，你也許更蕭索了
像半截吸過的煙頭
擱在夢境邊緣，閃爍
時光持續發酵，從鏡中
辨認髮上微微湧出的星霜

夏天街道浮動著酸意
玻璃的稜線起伏
我們各據海角，僅僅能夠得知
新聞標題上彼此城市的輪廓
風向如此猶疑……

你曾許諾的那張明信片
仍未到達。彷彿傍晚的碼頭
一隻鷗鳥凝視水色
你的字跡將對我說些什麼呢
濃霧掩蓋航線，如抵抗一般地
隱約有船引擎隆犁開寂靜

——二〇〇二年十月．選自木馬文化版《屏息的文明》

《中華現代文學大系(壹)——臺灣 1970 ~ 1989》

榮獲新聞局金鼎獎

劃時代的巨獻，跨越兩個十年，樹立台灣文學新座標，面對整個中國及世界文壇。走過從前，邁向未來，傲然矗立文壇，以有限展示無限。《中華現代文學大系（壹）——臺灣 1970~1989》計分詩、散文、小說、戲劇、評論等五卷，十五鉅冊，由余光中、張默、張曉風、齊邦媛、黃美序、李瑞騰等 16 位名家，選出 300 多位作家及詩人的精品，9000 餘頁，是國內空前的皇皇巨著，熠熠發光。推出後，深受海內外各界讚譽、推崇，因此才賡續出版《中華現代文學大系（貳）——臺灣 1989~2003》。

總編輯：余光中

編輯委員

詩　卷：張　默、白　靈、向　陽

散文卷：張曉風、陳幸蕙、吳　鳴

小說卷：齊邦媛、鄭清文、張大春

戲劇卷：黃美序、胡耀恆、貢　敏

評論卷：李瑞騰、蕭　蕭、呂正惠

精裝豪華本 15 冊定價 8380 元

平裝藝術本 15 冊定價 6880 元

《中華現代文學大系（貳）——臺灣 1989～2003》

承續《中華現代文學大系（壹）——臺灣 1970～1989》的大業，本輯銜接兩個世紀的文壇風貌，展示台灣各類型菁英作家的才華，爲華文世界再樹新里程碑！《中華現代文學大系（貳）——臺灣 1989～2003》計分詩、散文、小說、戲劇、評論等五卷，十二鉅冊，由余光中、白靈、張曉風、馬森、胡耀恆、李瑞騰等 16 位名家，選出 300 多位具代表性作家及詩人們的精采作品，值得閱讀、典藏。

總編輯：余光中

編輯委員

詩　卷：白　靈、向　陽、唐　捐

散文卷：張曉風、陳義芝、廖玉蕙

小說卷：馬　森、施　淑、陳雨航

戲劇卷：胡耀恆、紀蔚然、鴻　鴻

評論卷：李瑞騰、李奭學、范銘如

精裝豪華本 12 冊定價 6200 元

平裝藝術本 12 冊定價 5000 元

中華現代文學大系（貳）

——臺灣 1989～2003

詩卷（二）

A Comprehensive Anthology of
Contemporary Chinese Literature in Taiwan, 1989-2003
Poetry Vol. 2

總編輯／余光中
編輯委員／白　靈　馬　森　張曉風　胡耀恆　李瑞騰
向　陽　施　淑　陳義芝　紀蔚然　李奭學
唐　捐　陳雨航　廖玉蕙　鴻　鴻　范銘如
發行人／蔡文甫
發行所／九歌出版社有限公司
臺北市八德路 3 段 12 巷 57 弄 40 號
電話／(02)25776564 ・傳真／(02)25789205
郵政劃撥／ 0112295-1
登記證／行政院新聞局局版臺業字第 1738 號
網　址／ www.chiuko.com.tw
印刷所／晨捷印製股份有限公司
法律顧問／龍雲翔律師・蕭雄淋律師・董安丹律師
初　版／ 2003（民國 92）年 10 月
定　價／ 詩卷（全二冊）平裝單冊新台幣 380 元
精裝單冊新台幣 480 元

ISBN　957-444-064-8

國家圖書館出版品預行編目資料

中華現代文學大系（貳）.臺灣一九八九～二〇〇三詩卷／白靈主編 --初版. --臺北市：九歌，2003〔民92〕面； 公分.

ISBN 957-444-062-1（第1冊：精裝）
ISBN 957-444-063-X（第1冊：平裝）
ISBN 957-444-064-8（第2冊：精裝）
ISBN 957-444-065-6（第2冊：平裝）

830.8　　92012282